痛苦編年　王俊雄

目錄——

小說家、行政院副發言人　丁允恭　序——

王俊雄，我們叫他阿太，取自於他的教名「提摩太」末字，有的人說應該是阿泰，whatever。

阿太他做過很多的事，他幹過政治工作，他做房地產的廣告，他跟人家去賣文創豬肉，他在太陽花學運餘波蕩盪漾的時候到處去開講，更重要的，他一直在寫字。

阿太的文字沒有餘裕，有餘裕的文字是給那些輕鬆的人生的。如果具象點來說，每個句子裡面標點放置的空間都是一種呼吸，而阿太的東西則是「你的氣在亂」，可是是故意來亂的，讓你感受到跟著他一起憋氣與喘氣，然後知道人生實在是很辛苦，寫作也是。

阿太的句子像海嘯，句子也像城牆，牆蓋起來擋住你，牆倒下來壓死你，像他講話一樣，像他的動作一樣，嘩啦嘩啦的，大絃嘈嘈如急雨，顯現著人生裡面那些必需的急迫、焦慮。

餘裕也可以是一種抽離，而阿太永遠不抽離，每一個字都會讓你感受他多用力地在那邊存在著。當然，尤其，這本書根本是他的自傳散文，不認識他的看完都感覺好認識了，而認識的人看完以後則必然恍然大悟地覺得，啊幹，難怪他長成這樣。

而且，書都叫作編年了，但其實許多場景都沒有明白的時間標籤，也並非照著成長的年輪一圈一圈往外羅直到今天樹皮上的阿太，而是一塊混雜著不同時間入侵的火山活動、礦物斑駁時序難辨的岩體。這本書雖然叫作編年，但更是生命裡一個一個來往者的紀傳體，你將跟著他認識那些他認識過的人，然後看到這些人如何在記憶中溶解，成為他的成分。

然後，阿太他根本是寫作界的疤面煞星，用帶著腔調的語言出場以後，突然一陣掃射把所有人都打死了。

你瞧，我也忍不住學著他的語氣寫起字來了，以為序。

林森川　序——

這是一部作品。

如果俊雄以後成為一位英雄，那麼這部作品可以告訴人們，英雄的小時候是多麼的不英雄。

如果俊雄以後成為狗雄，倒也不是不可能。

亞理斯多德在悲劇的定義中，說得很清楚……，「悲劇時而引發起哀憐與恐懼之情緒，從而使這種情緒得到發散……。」

凡悲劇必容含痛苦的成分，悲劇中不可或缺的，就是受難。

既讓英雄遭受種種折磨，通過英雄的災難，從而引起人們內心的哀憐與恐懼，而在此之中，使人們自身的一點渺小鬱傷，像經過了洗濯一樣，從而獲得發散的愉悅。

我在看這本書時，就有這種感覺，所以，我說這是一部作品，很久以來難得的作品。

它讓我明白，為什麼我那麼不喜歡電影，不管是什麼形式的內容，為了票房都要用俊男美女，而喪失了它能洗濯人心的天職，而只留下四個字……令人噁心。

——阿川

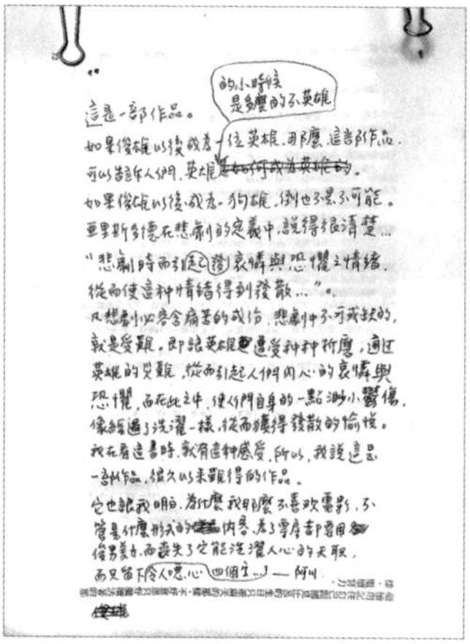

唐諾　序——

王俊雄的玻璃屋子

我認得的王俊雄是一位傑出的、秀異的廣告人，應該頗令人欣羨才是，但在這本書裡（尤其是自己的第一本書）他提都不提此事一句，或確切的說，他只講了自己開公司慘賠出走、孤身看著大海差點回不來那次，心思完全不在這裡，相反的，他反反覆覆想的追問的是那個狼狽的、一路掙扎存活過來堪稱一臉是血的年少自己。《聖經》說「你的財寶在哪裡，你的心就在哪裡。」這意思是，人真正在意什麼，視何物為珍貴，才會一直想它乃至於如同攜帶著它相處過活。

也就是說，一般人多少會自傲自得的成功對他似乎意義不大（我想到海明威的這句話：「成功毫無意義。」），成功毋寧只是已順利通過、已有了結果（答案）不再

困擾的部分，生命的課題他遠遠還沒答完，還有太多的疑問，還有太多做錯了、沒做好以及還不會做的事，寢食難安。

王俊雄真的是很認真的人，認真到可謂自討苦吃，肯於這樣子的人很少很少了。尤其繁華之地的廣告圈子裡。

我們說，童年的、少年的跌跌撞撞往事究竟是什麼？——是一段已經走過的、人活過來就好的必有經歷，只需偶爾淺淺的想並付諸一笑。（也許包括一些不太好意思的自我訕笑？）還是我無可替代的，儘管懊悔成分總是較多（因為已經做了，已不能修改了），卻是此時的我乃至於未來的我其來歷、其線索及其構成？包括全部的可能性和限制，是我之所以成為我？

這是可選擇的，屬於人自主的、希望自己是什麼樣的人這部分。從前種種譬如昨日死，這是一般人會做的事，尤其走向宗教如求援的人，避免受苦，放下它如同卸下重擔（這正是《聖經》裡非常著名的呼籲和允諾），這樣的確是明智的、有益健康的，也是輕快的、會得著平安喜樂的；而堅持往事不許如煙，說昨日不死，或昨日儘管已死卻得一次一次的翻找回來，像葛林《喜劇演員》書末的殯葬業者，或達許・漢米特所說：「總得有人留下來數屍體」云云，這是書寫者，尤其是文學書寫者才做的事（說

上述這些話的章詒和、葛林和漢密特都是了不起的書寫者），不為自虐，只是一件事一件事想弄清楚並負責，受苦只是其必要代價，事實上，文學書寫者所收的第一具屍體總是自己。

順帶說一下，王俊雄有宗教信仰，他是我喜歡的那種基督徒。我們很容易從書中文字看出來，他不是那種「賴」上神的人，他把神安放在高高遠遠的位置（也就是祂應該在的地方），人做完自己的事，或至少竭盡可能之後，才沉靜的仰起頭看祂。王俊雄有著虔信者其實並沒那麼容易保有的——這麼說吧，人的責任暨其尊嚴，儘管這總被說成是人的驕傲。

書寫者王俊雄，他這本書顯然是一系列發表於自己的臉書上，對一個昂貴的廣告文案手而言，這樣完全無酬的文字勞動，顯然是很慷慨的，較合理的解釋是，這必定有著另外不可扼止的驅動力量是吧。臉書文字，除了是日記（去哪裡、三餐又吃了啥）和聊天交際，較富企圖的書寫基本上有兩個去向，一是罵人（尤其是糾團圍剿某人），一是自我情緒大量的、急劇的流出和抒發。我們說，臉書原來的理想也許是建構出某個奇妙的交談空間，傾向於是一對一的，如波赫士說，You 是你，不是你們。You 在這裡是單數的指稱，選擇和呼喚，人只有一對一才可能進一步的、持續的、深一層的交談下去，甚至，我們會期盼臉書是某種新的瓶中書，不再孤單不必再遙遙無期的等，

臉書把茫茫的人類海洋縮小，眾裡尋他，找到他，咫尺天涯。但實際結果，臉書所完成的卻是個最喧囂的空間（如今整個地球大概再找不到有比它更吵的地方了），而且毫無耐心，人不再具體，人消失了，只剩所謂的「群眾」——

And in the naked light I saw, ten thousand people maybe more. People talking without speaking. People hearing without listening. People writing songs, that voices never share, and no one dare, disturb the sound of silence.

昆德拉也這麼說（我以為每個書寫者皆當牢記）：為了聽到人內心深處那最細微不可聞的聲音，書寫者必須讓自己靜默下來。

所以我想，王俊雄一定是懊惱的，尷尬的，生氣的，他試圖劃清界線——我絕不是你們那樣受不得一點點不舒服不方便、乃至於假裝悲傷和痛苦的人，我更不要那種便宜的問候和安慰（所謂的「討拍」，被當成這樣的確界臨侮辱），因此，我們看到了王俊雄寫了〈痛苦考〉這一篇章，並放置於書的開頭如過濾如守門，這裡，他把自己這一系列的自我揭露文字，說成是一個玻璃屋子，這是一個頗不得已、但非常有趣的想法：你可以看但不可以隨便闖裡面來，也請你不要指指戳戳亂講話亂議論。王俊雄努力要卡出、創造出一個奇妙曖昧的空間來，既隔離又開放，一種有對象限定、有所選擇的開放，王俊雄敞開自己，把原來私密領域的那個自己外推到某個「前沿」，

某個和大世界的交壞之地，這裡，王俊雄並不諱言他期待能有可以聽話、說話的人如《聖經》說那人獨居不好，可能的話也尋求得到真正的理解和建言（王俊雄其實遠比他滿滿是稜角的文字要柔和心軟，容易哭，他也不真的孤傲，更不裝逼，認真想事情做事情的人沒空擺這些「姿態」）。開放向誰呢？我想著的是《歌之版圖》書裡哪兩句令人難忘的美麗話語：旅行的人沿途撒下歌的音符，他必定會遇見做同一種夢的人——

真的一定會遇見嗎？

我們說，華文書寫世界裡一直沒有所謂的「懺情體」，這越來越被看成一個缺憾乃至於一種罪過，但事實真相是，整個書寫世界本來也都沒有懺情體這種東西，懺情體是「外來」的，始於西歐，一般追溯認定的起點是聖奧古斯丁那本毋寧是禱告詞的《懺悔錄》。也就是說，這是宗教帶進來的。關鍵在於神（基督教那樣的神）的介入，這破除了一個極大的心理障礙，那就是人的自尊或者說人的顏面、羞恥心——對著至高無上又無所不在不知的神，人還有什麼好遮掩好不敢承認的呢？反正你╳年╳月╳日晚上做了╳事祂不都已全知道了嗎？

確實，懺情體的進來是好的，而且始料未及的重大。這像是打開一扇大門，書寫

因此開拓出一整片新天地，那就是內折向人心，人的靈魂，人的生命記憶洞窟，尤其是那些藏在最深最深處的曖昧不明東西，陰黯的，碎片的，未成形的，仍疑惑不解也不知道該如何安置的，乃至於就只是一個畫面，一個感覺，一個念頭，一次夢境，一種恍惚或者幻覺云云。在外部世界差不多已描繪開發殆盡時（時間約為十九、二十世紀之交，當然是滲透的，替換消長的。），書寫者遂只能花更多時間回頭瞪視自己，從身體到靈魂。是以，這樣懺情的、書寫者如同提供自己屍體公開解剖研究的書寫越來越成為主流，幾乎與現代書寫同義同步，歷時已超過一百年一直到今天。

從這層意義來說，我們也可以說，現代小說這一文體正是此一書寫的精巧變形或說裝置，手法很簡單，那就是書寫者藉由小說這一特殊文體，站到自己外頭、遠處，讓那個敞開的曝現的自己陌生化對象化，讓「我」成為「他」，克服書寫的此一尷尬。

但這是有代價有風險的（什麼好東西沒有呢？），扼要來說，這個本來更精微更困難的書寫，也正是最粗疏最容易的一種書寫，因為可以亂寫，因為這正是書寫者自己說了算的東西，也正像是我們所說那種鬼神類的東西，遠比描繪具體的鳥獸蟲魚要簡單，要快，要隨便，不需要準備、練習，不需要專業技藝。而且，憂鬱、哀傷和痛苦，如波赫士說的，人，尤其年輕時，容易沈迷而且更容易呼喚和假裝（「我總是會得逞。」波赫士這麼說年輕的自己。）：容易的東西總是來得太多，而且假貨充斥，

需要定期打掃清淤，這是一個歷史通則，而這也是一百年後今天我們所熟悉的書寫景觀，一個老實說並不是很好看的景觀。

我自己的看法是，書寫者的自尊自飾根本上是一個專業規範，很重要——書寫不是從你、從此時此際才開始，書寫是一門專業，源遠如長河，有經驗有累積有傳承更處處有其專業技藝講究，這是堂堂正正的也是嚴格的、有是非判準的，書寫者交出來的是「作品」，依昆德拉的定義，不是書寫者的每句話每個字、每一次觸動衝動的流洩都自動成為作品，作品是書寫者歷經「深思熟慮」之後最終才決定拿出來的東西。所謂的深思熟慮，是足夠長的時間投入，加上足夠充分的心智勞動（這裡，我們所看到王俊雄這些纏繞著他的心事記憶都是五年十年二三十年的，不是剛剛在店裡湯麵裡發現有隻蒼蠅），足夠充分的心智勞動，包含一系列持續的尋找，思索，判斷，過濾，理解，整理，選擇最適形式表述它如卡爾維諾所說從亂成一團的線團小心抽出那一根對的線，並找到最接近準確的字詞好觸及它（納布可夫講，他往往好幾天好幾星期在散步中在浴室裡「就是找不到那個該死的句子」），大致如此。

所以卡爾維諾不同意可以只靠直覺書寫，那不可能深刻，只有混亂；小說家阿城也說，書寫者是該多寫沒錯，但練習本擺抽屜就好，別拿出來——書寫者的此一自我規範，今天極可能比歷史任一階段都必要，都當銘記於心。

比人多如圍勢，比快如掏槍，比大聲如叫賣，比誇大臨屆滿口謊言……王俊雄試圖用他的玻璃屋子隔離掉這些，我不曉得此舉能否讓他排開人群找到他想望的朋友，那幾個他以為能說話的朋友——科技的搜尋能力，讓此事變得容易、可期，但因此洶洶而來的人潮又淹沒掉一切。

我自己也寫（儘管不是臉書），於此，我的一點經驗和對應方式是——這幾乎得是一個信念，介於虔信和自欺之間：作品會遠比你本人找到得多，或說有機會。很有趣，靠近你身旁的友人往往不覺得該認真看待你的作品，好像說他直接從你身上看到的遠比作品要真實，豐富，稠密，完整（這其實是錯覺，因為作品可以是更好、走得更遠、且不輕易顯露的你），如果我的作品有哪些個真正的讀者，通常是遠方的，不識的，沉默的。在這上頭，作品像是光，它直射出去，往往並不回頭，也許在人類的書寫歷史上並非一直都如此，也許曾經隱隱存在著那種「某物在人心與人心之間熱切流動」的特殊小群體如類聚如群分，但我們這個宛若夷平的時代，有太多東西介入阻斷了他們，打散了他們。

所以還寫嗎？

我會說，如果是王俊雄你，那可能應該持續寫下去——王俊雄是很好的基督徒，必定知道所謂禱告和懺悔的真正意思，這當然是一種自省，一種反思，加強版的，借助某個至高的力量，好最誠實最徹底的打開自己面對自己整理自己。然而，也許有心思沉靜的人能做到（我確信人數絕不會多），要讓禱告懺悔能化為沉思，不是只幾分鐘完成，而是穿透過日月星辰，持續的思索幾天幾月乃至於幾年，這真的不是容易做到的事，而幾分鐘長度和容量的反思，能裝下多少，觸及到什麼，帶你走到哪裡呢？這通常只夠是一個開始，或更常見的，一個收尾，某種安慰，某種快速除罪，某種記憶重擔的卸除。

想想，古往今來有著無以數計的禱告，但可有深入過徹底過聖奧古斯丁的《懺悔錄》嗎？

這正是書寫才能夠的的。書寫，和書寫者本人真正深刻私密的關係正在於，這是一個最精純最專注的思索過程，藉一支筆如針如釘如錨，帶你探進去，並且把你聚焦在、鎖定在某事某物之中，幾天幾月幾年，作品寫多久，你的思維就持續多久，作品伸展多遠，你的心思就走多遠。在生活中人最難做到的，在書寫中再輕易不過就能完成。

跟自己玩真的的王俊雄，不放過自己的王俊雄，需要這支筆，這是我僅有的建言。

以上。

陳玉勳 序——

幾年前有一天在臉書上看到王俊雄po了一篇文章，內容是他跟一個算命老先生的奇遇，整篇奇情詭譎，鬼氣森森，瑰麗淒美，非常有畫面感，讀來好像進到某種神祕電影，穿梭在古老的巷弄、破敗的屋子，遇見一位來歷不明的老人，帶領我經歷一個神祕幽暗的未知世界。

被這篇像小說又像自傳的文章深深吸引後，我告訴王俊雄，請他務必寫成長篇或是劇本，如果能拍成電影那就太棒了。

其實和俊雄一點也不熟，因為他說以前在廣告公司曾和我一起合作過，所以就加了朋友，忘記和他合作過哪些廣告，只是看了臉書照片覺得很面熟，他說如果出書要找我寫序，我說等你真的寫了再講，沒想到後來真的收到他寫的二十幾篇稿子。

俊雄的這二十幾篇文章似自傳又似散文，大多是講述自己的成長歷程，對父母、弟弟和阿公的情感糾結，而我最早讀過的那篇〈何日君再來〉雖然沒講到任何俊雄的親人，卻可以和這二十幾篇文章相呼應。

人活到一個年紀可能就會慢慢相信「命運」是存在的，但不見得是全部被安排好，也許出生的時辰和出生的家庭都影響了性格，性格又影響了成長過程中的許多「選擇」，這些「選擇」終究會讓我們走向現在的人生。

就像那老先生打了俊雄一巴掌要他吞下去的那種滋味，人生是又苦又鹹，因為悲哀時相信命運、怨嘆命運，不甘心時又想挑戰命運、逆轉人生。在深邃幽暗狹窄的成長通道裡不斷爬行，磨擦碰撞摔跌盡是傷，牽掛羈絆愛恨得失都是痛苦，數十年下來，許多傷已經內化為靈魂的一部分，在某年某夜某時也許突然發作，痛不欲生，難以自處。想知道為何過去如此不幸，往後有何難關？究竟是老天安排、命運作祟、還是緣分糾葛？於是問神占卜，讀出自己的命，尋找答案。

未來是許多過去堆積的，解釋歷史可以預測未來，解決痛苦必須回頭尋找痛苦來源。挖掘自己成長歲月的痛苦經歷，小心翼翼地清理還原，也許能理解命運為何如此

安排，也許能解開糾纏多年的結，那是一種面對，是一種治療。

俊雄的《痛苦編年》就是一種尋找病因、解剖、縫合的治療過程，這樣的治療適合他也適合你我。

陳玉勳　序——

自序——

我

我有剪指甲見肉的習慣。並且非常喜歡洗手。

這習慣是我從小在豬肉攤搬豬肉開始養成的。我拼命的洗手是為了想要去掉手上的肉腥味，我會很注重身上的味道，因為我很怕人家發現我剛剛在菜市場出現。然後我跟媽媽學習照顧攤子，為客人料理的時候我一定會把手洗乾淨，因為任何事情我都是用手。

後來我去九番坑餐廳上班，挖ㄆㄨㄣ，洗廁所，直接用手清客人的嘔吐物開始，我永遠記得老闆說過一句話，手洗乾淨，衣服整理好，誰會知道你是勞動者，或者說，

誰會在乎你是勞動者，人家就會開始學習尊重你。

原來老闆騙我，其實每個人還是會探聽調查你是不是勞動者。

可是我相信他講的背後的那種自我價值觀的建立。

我以身為勞動者為榮。並且引以為傲。我是那樣的工作過來的人。其他人對我來說都在嘴砲。是的，我打從心裡覺得沒經歷過的人只會在那邊揣想，想想想想想想想想。

我不怕髒。因為我工作後都會把自己收拾乾淨。

後來我開始學打字，我發現用一般電腦的時候不會刻意剪指甲，但是擁有第一臺筆電之後我就開始更喜歡把指甲剪乾淨。

因為那會加快我的打字速度。是飛快。

在恆春流浪的頭七個月，不是我頭七那個月喔。

那七個月我非常珍惜剪指甲的機會，因為我車上沒有指甲刀，我手指頭前面會開始藏著那些黑黑髒髒的皮垢。我變得非常焦慮。

我看到有肥皂的地方都會拼命的洗手。

當污垢藏不住也清潔不了的時候，我覺得痛苦難熬。

我在工地跟我的工地夥伴一起工作的時候會穿特定的工作服裝，因為我怕把衣服弄壞，在三十歲以前，我的衣服都穿非常久。我第二任女友看到我的衣櫥，他覺得根本就是沒一件能穿。因為那個領口都變成海帶了。

當然我不是因為這樣海帶拳才很強的。

沒辦法清潔自己的日子我猶原記得。

那時候我身上總是飄著汗酸味。我會下意識地聞著自己身上的衣服。那些日子我

沒有片刻或忘。

觀看別人聊天或是談話的時候，他們會提到過去是不是該要放下了。

而我的過去想是我的手指頭，我無法剪去我的手指頭，而那些酸楚跟苦痛冒出的時候，我能夠洗手，打理乾淨，也把指甲剪到見肉。然後飛快的打字。

是有關我早上洗澡的時候剪指甲想到的事情。我從小就這樣。

小時候我常想，什麼是江湖。

是阿爸和那些叔叔伯伯在桌子前面的談話那樣的江湖？還是那些警察到家裡來荷槍實彈的江湖？還是阿爸在工地和工人一起討論事情的江湖？還是那些汗流浹背髒亂不堪的工人下工之後觥籌交錯的江湖？還是那些親戚挨家挨戶拜託人家投票選舉的江湖？

有人的地方就有江湖。

高中的時候我去送豬肉。我在市場口和那些送豬肉的大哥們混了兩年多。到現在我都還記得他們的樣子。渾身油膩不開，血和脂肪完全變成一種塗料。沾滿了他們的全身。我每天領現，那些錢上面。有著濃厚化不開的味道。跟著我好久好久。我一直想要把它們去除掉。

江湖日近，廟堂日遠。

我後來到了廣告公司當文案，當我開始會打扮自己的時候，我總是會挑很多種香水。但是我身上卻仍然有一種味道。因此我下意識的很在乎，別人是不是聞出來我身上的味道。我身上有江湖的味道嗎？

我是阿公作給我的風箏，我身上一定會有漿糊的味道。

我身上的線斷了。

我一直聞到我身上的，江湖的味道。久久不散。

我還在念光復國小的時候，家裡的汽車修理廠開在那時候的鐵道邊。鐵道直通兵

工廠。在一個特別的普渡的日子，我記得也是一個夏日清晨，我親眼見到過列車緩緩的經過。從此我在同學眼中，成為一個偉大的唬爛王，畢竟從來沒有人看過火車，而我振振有辭。他們覺得講不贏我，可是我根本不想贏，我只想跟他們分享，我在清晨無人的時候看到一臺火車經過。

工廠旁邊有華視世界書局，對面是國父紀念館，往忠孝東路方向有僎特利。麥當勞，現在是 7-11 的地方是百吉自助餐，再過去的江家豆漿，以前是恰克奇。唯一現在還開著，只剩下韓江烤肉了。

那是很久以前的事情。我大概每年都會想起來。

我家旁邊就是就那個鐵道，現在是停車場的入口。在炒泡麵旁邊，就是現在歐舒丹的對面，以前是一家姓鄧的麵店，我人生吃過最好吃的炸排骨就是在哪邊，我記得那個奶奶姓鄧。

我好喜歡那樣的時光。

那時候我剛到臺北來。

從小我就是一個很笨又很懶的人，也很不起眼。一直都留著西瓜皮。在臺北市讀國小的時候，不會講國語，搞得我一年級超痛苦。我阿公很疼我，一直用片假名、平假名幫我寫注音符號，於是更成功地增加了我的苦痛。

我記得所有發生在大安區的細節，也記得我被繫在牛肚子下面的時光。

那時候我有個魚缸。

那個魚缸大概是大人的手捧起來那麼大，然後我有一條金魚。魚缸裡面有兩段綠色的草，我記得那種草叫做水蘊草，我之所有擁有那個魚缸，是因為自然課要用的。我媽媽給我兩百元綠色的紙鈔。讓我去光復南路跟仁愛路口，就是第四路隊過馬路的那個路口過去之後第一條巷子左轉的書局買了那個圓形的魚缸。

我們光復國小的自然課，為什麼要買魚缸？我們有荷花池。有國父紀念館的池塘，可以餵魚，為什麼要買魚缸？下課走廊上，整排都是大家的魚缸，大大小小，我記得別班有個很高很美的女生，水都會照在她的臉上。像布丁果凍一樣。搖搖晃晃的。

她的眼睛和那水反射陽光之後的波光一樣。

她不可能喜歡我的。她只是看我路過而已。我也不可能喜歡她的。她太高貴了。我小時候是個很不起眼的人，長大了也是。我捧著我的魚缸經過他們班的走廊，我都會看她。她也看著我。但是我知道她不是在看我，她在看她的魚缸。她坐在靠走廊第一排的位置，從前面數來第三個，她的魚缸放在窗臺上。跟我的一模一樣。

我那時候學會理解，就算有人和你的喜好一樣。我們也是完全不同的人。

我小時候有個魚缸。而現在我找不到那個魚缸了。我也不再喜歡魚缸，我喜歡養著水草的水底生態箱。

星期六下午放學後，我自己走路去補功文數學，功文數學的教室在仁愛路對面巷子裡。我沿著光復南路，過馬路，右轉第一條巷子。如果左轉，等一個紅綠燈。就會到那個書局，那邊有很多我羨慕的東西。

很多光復國小高年級的學生跟國中生擠在兩臺電視機前面，他們輪流試玩最新的遊戲，惡魔城的蝙蝠翅膀嘩啦嘩啦，喀喀的怪鳥夜晚叫聲被按下。那附近有個聚落叫

做西村，我記得我有很多同學，第四路隊的都是住在西村裡面。

他們通常操持著非常標準的國語，跟我比較起來。我的國語是跟外公學的，還有我媽媽一字一句的教我，咬字清楚的說明。後來我國語很成功的變好，國小的王雪英老師還選我去參加狼送比賽，阿公說這種比賽怎麼這麼奇怪，在比狼送還是美送，我就跟他很生氣地說，是朗誦。不是狼送。但是阿公還是聽不懂。

總之就是一個很美好的童年。

功文數學是一種很奇怪的補習法，一直寫考卷。導致我國小的時候是數學小老師。六年級的時候跟班上另外兩個同學去圓形大樓輔導剛升三年級的數學不好的學弟。那是我第一次感到難受。

被輔導的學弟他的筆沒有一支超過他的手指頭，他才國小三年級，瘦瘦小小的，連自己的名字也寫得歪歪扭扭。他的衣服都沒有乾淨潔白過，我請他吃東西，教他算數，教他ㄅㄆㄇㄈ，因為他連名字都不太會寫。我記得我還請他吃過儂特利。

他送我一張卡片，還朗誦給我聽。我郎有點送。

小時候的我真溫馨啊。

長大後發現，如果覺得有什麼過不去的，看看風景跟回憶是很好的療癒。

以前我最喜歡在玩影子傳說，一邊哼著音樂，我喜歡操縱角色常常喜歡快速地跳躍在叢林間，然後一邊放出十字苦無，一邊享受MIDI音樂快感。

同樣帶來快感的有火之鳥，高橋名人之冒險島，魂斗羅等等。

但是影子傳說是傳奇的頂峰。

影子傳說的關卡有四關，是橫軸移動的遊戲，場景的景色幾乎重複，大概只有顏色跟敵人的強度不一樣。

在林木間藏有卷軸，你必須操縱角色躍起，吃下那個卷軸，苦無的速度不但會提升，苦無也會變大。

我的記憶已經有些淡薄，我懶得去 Google 影片來看。

可是連我在玩耍的時候那時候家中客廳的氣味、光影、還有若有似無的電風扇。我都記得。

有人說作家最寶貴的資產是小時候或是童年的苦難。

我童年過得很棒。

也許那是我善良的由來。我的苦難都是從初中以後開始的。那時候我已經不玩電動。我開始把我姑姑留在家裡的書吃掉。

吃掉就是看完的意思。當我開始察覺人生的詭奇的時候。

事件來襲的速度跟敵人的數量都已經讓我措手不及了。媽媽自殺數次後我就開始練習想像死亡。我一開始會進行配樂，那時我們玩紅白機的電玩，影子傳說的主人翁死掉的時候會墜落，然後演奏一段淒涼的音樂。我腦中始終都會有那段聲音。久久仍未散去。

我也藉此揣想各種突然死去的方式。例如過馬路被車撞死，或是突然噎死，或是心肌梗塞死掉。這幾年越發想起這樣的場景。不是活膩了也不是討厭世界。更不是對世人厭倦。

是覺得或許就是有人實在不適合活在這世界上造成別人的困擾。雅不願接受他人的邏輯活著，自己的邏輯像是有線電視拉在路燈旁一件卡住的白色衣物那樣孤伶伶的晾著。

夜裡晃蕩如幽靈。

想這那些死去的景象，每一種都令我怵目驚心，不是死去的自己的樣貌。

我想著的是那時候圍繞在身旁的人的表情。會是什麼表情呢？我連想都不敢想下去，其實根本不會有人吧。我記得上次在信義路安和路口昏倒的時候，離開北醫護士跟我說，你的緊急聯絡人是誰。我抬頭看著他。腦中想到的是當兵的時候的互助組。

對啊我沒有緊急聯絡人。我跟他說上海的可以嗎。護士說那樣不叫做緊急。也許

這就是我要撐到我小孩二十歲的原因，等他能當上緊急聯絡人。

我跟自己說。也許護士會進行聯絡緊急聯絡人那樣的動作會讓我恐懼所以我會不敢去死。我怕沒人可以聯絡。

我怕死去的我身邊沒有人沒有表情沒有臉龐。

但是我一點都不想死去。只好慚愧萬般的四處想辦法活著。可以嗎可以嗎這樣可以嗎的活下去。

沒有辦法說什麼嗆辣幹拎祖先的話，想活著的話只能說好。

好喔，我會盡力的。夜仍然漫長。

那些對你失望的眼不會化成星，他們會變成二氧化碳，而你沒辦法呼吸。

未知的死去感受其實並不是一種恐懼，而是一種迷離。有點像是睡覺吧，所以我跟弟弟特別迷戀睡覺。挫折難受並不會讓我想要死去，而是那些你希望你能看照保護

的人跟事物隨風而逝。而你無能為力，連抓住都不行。

不要擔心，我不會去死。我只是在想像死去。

在睡不著的時候。告訴自己，接近一點點一點點的喪失這些想像，能夠好好，休息。

零・獸王

「獸知其衰邁，則覓處待亡也。」

這句話是我人生第一篇散文寫的。

其中的獸指的就是我的家族，那是我的阿祖，叫做王畜。

而不知道為了什麼，我信了上帝之後，人像是開了天眼一樣，好多事情我像是有了神通，我特別記得，在猛讀《聖經》的那幾年，我常作同樣的夢。

我夢見夏甲帶著以實瑪利跑去搭臺北市新通車的捷運，但是卻直達機場，之後鏡頭跳接，他們已經生養出一堆天分極其恐怖的人。黑畫面，一片孤單的沙漠中的

華麗城堡，以撒，看著他媽撒拉的餘生，陪著亞伯拉罕這個老頭吃喝睡撒拉以外，他去萬年地下室吃煉乳蜂蜜刨冰，看著那些裝扮奇怪的年輕人買著奇怪裝扮的人偶畫像書籍。

這些想法和跟鬼入豬群的畫面一樣跟著。我自己覺得自己是入了豬群的鬼。

不過我理想中的故事一開頭當然是創世記，我最喜歡的是列國之父亞伯拉罕。

能夠這樣登場，真是壯闊偉岸。

可惜我沒辦法，在上帝的規格中，我是一堆窮鄉僻壤的塵埃。

Discovery 跟 National Geographic 的那些世界好精彩，但是在我身邊環繞的世界真的好無聊。

我想你大概還是不懂我到底在講什麼?很無聊吧，我也覺得好無聊。創世記是我最喜歡的開頭，既然已經有扯到，那就好。我來說一個故事給你聽。如果你問我這是真的還假的那你就不用問啦。當然是　的啊。

我的烈祖母是灰面鵟變成的。我這句話是用紀錄片的口吻說的，如果你想快點進入狀況你可以練習用你熟悉的紀錄片旁白腔調念它一次。

我的烈祖母是灰面鵟變成的。

很明顯，我父系來自於恆春半島，全家族的血統，都不是人。如果你不知道灰面鵟跟恆春半島的關係，那可能是我賦比興之中的某種能力很差，我跟你道歉，這是我家族的習慣。

幾乎所有的男性在單方面或許多方面都是個稱職的禽獸，偶而有一兩個會努力當一個好人，卻自也不脫禽獸況味。

那個時代的墾丁不是國家公園，沒有每年叫春一次，沒有中華民國政府，沒有孫文的革命之前順便來臺灣一遊，沒有琉球人漂流來牡丹社被殺死跟活著回去烙人結果烙來日本人。總之那是個我烈祖母從灰面鵟開始變成人養育著幼雛的年代，我的烈祖父則是伯勞鳥變成的，如果你問我為什麼他們可以生下我們，我只能說你繼續讀下去就可以知道了。如果你覺得我在唬爛，你快點閉上眼睛，並且上網罵我寫得很爛即可，

可是你是我的臉書上的朋友我會把你刪除並且設為黑名單。我不想要聽我不想聽的話啊哈哈哈。因為我太敏感我會痛苦到想死掉。請原諒我。

我在當上畜生之前是一隻人見人怕的野鬼孤魂，你會這樣覺得也是很正常的。如果你不怕，要繼續看下去，那我就先講一下灰面鷲跟伯勞鳥對幹的畫面，我親眼看過。因為我知道我的家族跟這兩種棲息於恆春半島上的兩種候鳥深厚的血緣關係，

《聖經》上，說那天上的鳥，也不種，也不收，就是在說我們家的這些男性。

禽之血脈既有，獸行亦為無窮。

我的烈祖父是伯勞鳥變成的。

灰面鷲跟伯勞鳥對幹的畫面驚心動魄。

灰面鷲的爪子銳而尖利，張開雙翅的寬度大概有十隻伯勞鳥展翅甚或更多，灰面鷲的喙當然也甚為兇狠，不過在搏鬥之時她只以爪應敵。

我的烈祖父母他們在下面做的每一件事情我都看得一清二楚。每次幹起來都相當的慘烈，我的烈祖父身形瘦小，常常頭破血流，但是我烈祖母也好不到哪邊去。她身形高大，從小家大業大的，她的爸爸又是飄洋過海的猛禽，被她一抓，我烈祖父自然會時常頭破血流，我的烈祖父靠那張嘴，我的烈祖母則靠那雙手。在他們彼此無法相饒的相處過程，後代們也就跟著奇詭的誕生了。

我的伯勞鳥烈祖父怪異的脫離了團隊，他並沒有朝南飛去，他往北飛，消失在臺灣島的北端，以至於我家有個家訓，就是千萬不可以跟姓王的結婚。

我們這些後代是這麼來的。

在那隻伯勞鳥一次次的朝灰面鵟撲過去，伯勞是悍惡的鳥兒，身形非常小，但是拚死不怕的敢死隊精神，強烈的地域性，對於領空的捍衛極為嚴格，啄人非常痛，我之所以這麼怕鳥完全不是我看了恐怖大師的電影。因為我被鳥啄過好多次。

彼時我並不在他們那個戰鬥中落地。

我只是是棲息於厝中祖先牌位廳前大樑上的一株野鬼魂。橫躺。

我悄悄的看著這個家族興衰生養死亡繁衍。一日又一日。我悄悄地並不是因為我很神祕只是因為人們又不會發現我，我說話唱歌大聲罵髒話他們也都聽不到。

直到我阿公高高舉起香來祝禱娶媳順利，我一時被他揚起的老沉香煙攝去，突然一陣暈眩，瞬間跌落往飛往通鋪，我極緊張我想要抓住什麼，但是卻什麼都抓了一把空。一醒來我就哭了。

我苦啊。竟然降在此家落地為人。

我很少見到我的父親，我是讓我的阿公阿嬤養育長大的。但是用的是我爸的錢。我父親蓋廟養豬養牛開賭場酒家包砂石工程販賣軍火槍械沾染毒品。

他一直跟四處強調他是個好父親。我相信。我則跟歷任的女伴強調，他是我的父親。我不能怎樣。因為我是從那樣的血脈中分出來的。

我父男盜無誤。

我的母系自我親生母親的阿婆起就是單親家庭。

她一出生就不太確定爸爸是誰，不過這很正常她根本不需要知道爸爸是誰。

她的阿婆經營著南投最大的茶室，每天晚上生意興隆，她的阿母不但是當紅的老闆娘，入幕之賓更是有頭有臉，直到國民政府來臺。她的義父，從日本人變成國民黨政府官員。生父和生阿公都是日本人。

我父親常常指著我的媽媽鼻子罵她是妓女生的，我母親都會潑辣的回他，妓女怎樣，妓女被幹有錢賺，我都讓你幹免錢還要被你打。我媽是淡江文理學院畢業的耶，他這樣講讓我好害羞。

我一直認為我在一個很普通的家庭長大。

如果我沒有知道別人長大的過程，我會這樣形容我的家庭。當我發現大部分人長大的過程完全不是這樣的時候。我整個人都陷入呆滯狀態。

我真的很傻眼。原來大家不是都跟我一樣啊。當時我內心的痛苦還有掙扎還有不

甘願。

但這些痛苦，給我指引，讓我跟著人生中的各個師父把我從畜生的行列慢慢的拉拔成人。人生的痛苦在我身上戳了好多個祕孔。慢慢的，我就了解拳四郎為什麼會指著我說。

你已經死了。

所以我現在活著寫下這些。

一・痛苦考

痛苦的時候因為難熬，可以跟任何人出去分享痛苦，或是討論，或是不討論不分享，但是跟友人出去遊玩或是意有所指的釋放任何訊息，好讓痛苦排解。

而我沒辦法。一來我很討厭跟別人面對面分享什麼狗屁痛苦之類的狗屁事情。

那有點無聊。而且毫無意義。人見面就應該歡樂相愛喝酒擁抱唱歌跳舞吃飯做愛，分享痛苦幹嘛。超級北藍，只是想要宣洩跟扭曲本來應該存在單純的雙方本身的情感而已。

人類的複雜在於耽溺。

當痛苦透過他人討論之後放大扭曲之後就不是原來那個痛苦了，搞不好你討論的是一個全新的從未面試過的痛苦，然後你製造痛苦。

這不但於事無補並且其蠢無比。

任何種類的痛苦都是我在夜深人靜交談的朋友。

說摯友也太噁心了，幹其實我滿討厭痛苦的，痛苦有點類似醫生，或是米其林三星主廚做的你這一生都不吃的菜。

我必須仔細而且刻意端詳他的樣子。我想知道痛苦的樣貌究竟是如何，當我端視他的時候，我就會理解，為什麼為什麼為什麼痛苦是如此。

任何人都不可以評論我的痛苦根源。人，事件，物品，決定，甚或是我的家人或朋友，因為那不是你的。

那是我的，如同我的皮衣我的物件我的眼鏡我的作品一樣。

我的痛苦和你無關。

我也無意與你分享，我要是需要你的憐憫和安慰，我會向你索求。我可能會哀哀以告，或是咆哮憤怒，或是喃喃述說，或是重複的謾罵之類。

不過這樣的時候通常是我自己不甘願，因為我會讓事情發生，表示我做了某些決定。當我把它寫出來，只是想要能夠自己看一遍。不需要你的參與。

不要丟下無聊的慰藉言語或是施捨給乞丐般丟下一角慰問。於你我彼此都不夠尊重。

痛苦是一個房間。

我怎麼布置他，邀請誰進來，都是我的權力。

我喜歡寫下我的痛苦，那不是給任何人看的，臉書是我的公開的筆記本，類似在街道邊有一堵私有的牆，或是一扇透明的小小的櫥窗，那牆和櫥窗的主人都是我，布置跟展現都是我的權力。

你只能看不能摸。

除非我說可以並且歡迎。

沒有這種觀念的人，對不起我不太敢確定你是不是人。

我大抵會使用臉書討論自我的痛苦跟其餘的感受。

為什麼特別談到痛苦是因為常常會有人以為我在討拍。

我說過了，如果我需要，我會向我想要跟他要安慰跟任何一切而且不管他願不願意給我的人索求。

我當下會禱告。

接著我會去找我希望他安慰我的人。

如果沒有，我就寫在臉書上，我跟我自己討論分享，容或有三五個我願意與他討

論的朋友，但是那也不代表全部的人都可以。

這是很簡單的道理，路邊有個正妹他在跟人家接吻，厲害的當然可以走過去一起親一下，但是大部分的人都會被刪掉。

鼻樑被正拳刪掉這樣。東京天氣晴朗，櫻花盛開。是個下午跑步的時節。

能在這麼美的地方獨自的痛苦著，覺得幸福。

二・能夠痛苦是幸運的

我知道，我自己是個幸運到爆表（ㄅㄥˇ ㄅㄧㄡˋ）的人。

我從小就跟一些自己很羨慕的人黏在一起，從我國小一年級開始，那些班上看起來最厲害的人對我就有很大的吸引力。我記得國小的時候我都是第一個到學校的。我是阿公阿嬤帶大的小孩，所以他們兩個很早起，我也就跟著很早起了。國小的時候一、二年級我記得我跟班上的前兩名的同學加上我都是在競爭第一名的，但是其實幹我根本就不會講國語。我國小一、二年級的導師是廖和蘭老師，她是客家人。跟我媽媽很要好，她會捏我的臉，不過呢，是個好老師。後來我好像就被老師歸類成好學生了，可是其實我才不是，我很奸詐，我知道大人喜歡功課好的人，但是其實我最有興趣的，是巷口的怪手跟鄉下的乩童。

國小三、四年級的時候我的導師叫做楊文娟，她是剛畢業的老師，她跟我的音樂老師溫儀美老師似乎是同學吧。三、四年級其實是國小的成就定義階段，三、四年級會被選去參加什麼團體的，合唱團啦，國樂團啦，籃球隊啦之類的。我什麼都沒有我只有被我爸媽選去參加功文數學跟徐國榮老師的作文班。後來還沒有被分到徐國榮老師他們班，我爸媽跟我說什麼他們認識很多議員都馬沒用啦。國小三、四年級我好像也沒有幹嘛，反正功課普通，不太愛念書，大概就是前十名那樣吧?不過我忘記帶課本去學校上課，我記得是第八課，民族英雄鄭成功。那時候我整課都會背，也就在全班默寫課文的時候，跟著唸完了一次，年輕的老師嚇了一跳。就把我叫起來表揚一下。

五、六年級是非常厲害的一年，這一年呢，我在216巷的書店幹了超多漫畫去賣給同學，從我家客廳跟我爸桌上幹走各種看起來很屌的東西賣給班上的壞學生，說他們是壞學生也太過分了，跟我長大後做的事情比起來他們也不過就是當時經濟比較弱勢的學生而已。我記得他們的名字但在這就不寫出來了。總之這件事情我三、四年級也發生過，我偷了我爸的五十塊去買7-11的糖果。當時我媽從來沒有給過我零用錢，但是我實在很想吃啊!所以我就偷錢去買，偷錢當然是不對的。我也知道。不過我被痛打之後就不偷錢了嗎?

那是初中之後的事情了。

不，我變本加厲的偷，我會算錢，我大概知道一種被發現的上限。因為我爸身上都是一兩百萬現金出門的，但是他會數錢，不要偷他要給人家的錢，錢包的錢他也會數，要找他口袋裡的零錢，我媽比較鬆懈一點，她錢都亂丟，我也亂偷一通。

初中三年跟國小五、六年級的事情比較複雜只好跳著講。那時候父母親已經接替阿公阿嬤進行照顧我們的任務。大概是因為沒經驗，我跟弟弟開始享受極為恐怖的生活。每天都要被我爸媽的爭執嚇醒，回到滿屋子血的主臥室救我媽，那時候我才初二。

和莫名的痛苦跟艱難相處但又能存活至今是極為幸運的。實驗組跟對照組的分別就像被替身的箭射到那樣生死一線。國小六年級開始我爸媽就常出現在我們居住的地方，以前很難得看到他們，當時阿公阿嬤沒有搬遠，他們去南港協助屘叔照顧尚幼的兩個堂弟。可是我跟弟弟的人生神祕之旅已然開啟。

我每天被我媽接回家，五天有三天，就是要在中強公園路邊停車被痛毆，以紓緩她被我爸施加的壓力，其實我也不知道，我只能這樣想。

不然就是自己回家，在廚房跟我媽簡報成績，我媽直接拿炒菜鍋鏟揮打我。但是我知道啦，反正都是我的錯。我媽會這樣打我，都是我的問題。

我媽在國小的時候幫我去學校拿畢業證書的時候，因為我偷東西被老師扣著畢業證書，我國小五六年級的導師王雪英告訴我媽媽，這孩子以後要不是大好人就是大壞人，小時候聽到覺得喔幹那表示我很行，長大後才知道，其實這就是一種總冠軍賽預測的概念而已。

不管好壞，總之就是起伏很大。還能活著當人就不錯了。但是我這篇的主題是在講幸運。我很幸運。

五年級的時候，王雪英老師找我們去幫我們的班長參選自治市市長，她叫做王昭懿，有加我臉書，她爸爸是學校的總務主任。幹拎娘說到這個自治市，我就想要罵國民黨，但是算了話題會扯太遠。總之呢，在我國小五六年級的導師眼中我好歹也算是一種秀異份子（？），不過我自己很知道我是個愛沾光的咖而已。

沾光讓我知道自己是幸運的。

回到那個偷東西的話題，雖然我覺自己偷錢很有謀略，但是道高一尺魔高一丈，我的神偷之道，還是被我爸這個大魔王發現了。

我常因為偷錢的事情被痛打，吊起來打，綁起來打，或是瘋狂亂打，總之不是因為偷錢我也會被這樣打，我爸常把我整個人抓起來摔，像摔角那樣。我叔叔接住過許多次。有一兩次沒接住，大概是因為這樣我腦袋怪怪的。

當然，我家那些姑姑叔叔親戚就會開始說，啊俊雄你那麼皮都是你自己造成的啦。對啊都我自己造成的啦。所以我現在的一切也是我自己造成的嗎？喔喔不是喔又變成是養育之恩了啊幹。

老師這邏輯是出了什麼樣的差錯呢？

我知道啊幹，我還是很想罵髒話，不過因為你們是我阿嬤生的，就算了。拎北長大之後也沒有靠過你們啦，我很是珍惜跟你們之間的親情，不過你們的兄弟兄妹友愛之情——

關我屁事。

我不在乎啊。但是我知道我姑姑們也很疼我，我這人很明白，對就是對，錯就是錯，再怎麼愛我，也不可能幫我掩飾他們為人父母的極大錯誤。

我國高中的時候很憤怒所以才不停打架找到藉口也好理由也罷。

這是兩件事情，我阿嬤腦袋很清楚，她特別在電話中再三叮嚀我，你爸爸沒有嘗過當父母的苦。你不要管他。不過幹我怎麼離題成這樣。

好回到主題。

初中的時候因為同學家裡大多數都很優等。所以我大概見識過一些有錢人小孩是怎麼幹事情的場面。奇怪的是，我的同學特別容易放棄，也很容易哭。

我也很愛哭。不過我承認歸承認，很少人看過我哭。不管是怎樣的打架受多重的傷。我都不會哭。我不哭。

我哭的時候我記得非常清楚。而四下總是無人。

我記得我媽媽自殺把家裡塗滿寫像是大法師那樣的時候我哭得超大聲。她跳樓那天也是。我抓著她往後跳，然後大哭大叫的說你到底有沒有想到你還有孩子啊。

當下我就下定決心跟世界競爭。

我不是比風吹眼淚乾涸的速度，而是比血在傷口凝結的速度。

我傷得多，好得快。

沒好我也當成好了的一般前進。以至於痛的度量衡被更動了。那些無謂的瘋狂的白痴的無厘頭的其來有自的每天一直從我嘴巴裡講出來的笑話。

是ＯＫ綳。一種對於療傷無效，連保護隔離效果也貧弱到無以復加的存在。我會在上面畫個笑臉。或是畫成晶片。

是我跟傷痛相處的第一堂課。

三・有關這些痛苦存在以先

有關我這個人，所有的一開始，都是人生中段才能夠開始的。

這時候的畫面應該是 2008 年的某冬日下午，我在滿洲港口小漁村旁所見到的景象，太平洋的浪激烈迅昂。我看著那浪發呆。天氣很冷，我邊看邊哭。我不知道要去哪邊，也不知道能做什麼。

這個畫面裡面沒有美女，沒有帥哥，沒有任何看起來酷炫美好的事情，就一個穿著醜陋厚重外套的胖子坐在鵝卵石大小不一的海灘。發呆。

彼時我是個流浪在恆春半島的失業胖子，我每天都睡在車上，用餐時間到了就去親戚或是朋友家裡面拜訪，就這樣過了大半年。

我每天早上到車城鄉公所看一下活動的預算編好了沒，然後去鄉長室報到，那時候我阿嬤那邊的親戚叔叔正在擔任車城鄉長，他讓我擔任一個很神奇的助理職位，我領的是日薪，就是每天幫他們買檳榔飲料跟便當，然後買完之後我就在他們旁邊用筆電打 Travian 然後開鄉公所的電腦，用不同的帳號送兵送糧。

我在恆春半島流浪的日子好特別，特別的像個寶藏一樣。我不會把它丟掉，但是那也是我一生最痛苦的日子，比當兵還痛苦，當兵的時候其實還不知道人生真苦，當兵只覺得營區外面的綠茶不加糖真苦。

那段日子我已經當了父親，可是我卻無法當好父親，第一家公司失敗的我，為了避免連累（到現在我也不知道我是哪裡連累了。）倉皇狼狽的離開臺北，被遺棄也遺棄了很多過去的人生。

是的，我的人生到這邊突然斷掉了。

在這次經驗之前，我是個做事情從來沒想過後果有多嚴重的人，通常都是後果發生了我才知道它多嚴重。

這並不是一句廢話，在這之前我向來認為任何推測都是多餘的，因為上帝所定意的，我並不能挪去。

讓我們回到那個冬日下午的海邊。

太平洋的浪依然激昂迅烈。那年的冬天有著破紀錄的低溫。

我在發育不良的洋蔥田中，像個魔神仔一般的梭巡著。我日復一日的做著一樣的事，積攢我買完咖啡和加完油剩下的現金，匯回臺北給孩子的母親好讓她攜行那個未滿兩歲的我兒來回在大安區信義區兩處。如是兩年。

我發生什麼事情他們不知道。他們發生什麼事情，老實說我也不清楚。

我曾想像著那個在我懷中哭泣安睡的那個孩童的樣子，我回到臺北的時候常見到他睡著的樣貌。我對他滿懷歉意。

那個冬日我在海邊想著他的樣子，突然我完全想不起來。

我哭得很大聲，但是如果你從遠處看過來大概會是個無聲的場景，我的聲音被風吞噬被浪拍擊而散，像是沙上的沙無形的一邊消失一邊移動著。

是那個冬日下午我決定回到臺北。

因為我無法死去。

我尋死數次皆失敗，不管我是膽小還是想活著。總之我決定打電話給我以前認識的廣告前輩。我決定求他。

他接納我，回到他的身邊，當一個文案。那時候，我的人生中段，終於重新開始。

這是我的痛苦，存在以先發生的事情。

四・痛苦的道路

小時候看到在機場或是在公園街頭喝著罐裝酒類的人，我心中都會想，他們為什麼要這樣。我小時候不懂的事情，一直想著，沒有停止，長大了我總是會突然懂了，雖然我其實並沒有長大（苦笑）。

就像現在，我在羽田機場，剛剛我在暮色中看見來往的車輛，從我坐著的窗前望出去，每臺車都直直的開過來，然後轉彎。我窗戶前的道路筆直平坦，但卻沒有一臺車輛會開到這裡來。這裡看起來是條道路，卻不會通向任何地方，我坐在一條絕路的盡頭。

談論了那麼多的再起重來或是哀痛傷害，最終的結論卻只適合感謝，一樣，小時候覺得一直講感謝的人很矯情。也覺得，如果設定目標，就沒有到達不了的地方。事

後想起來覺得可笑又悲哀。在還沒有辦法長大之後的現在。

我好痛苦好痛苦好痛苦，這種痛苦是我從來沒有經歷過的。過去我的痛苦來自於我離開遺棄逃避離開責任，這次的痛苦卻截然不同。這次的痛苦來自於不被選擇。

面對這樣未有的關係，給我全新的痛苦經驗。

我過去從來沒有這樣關心過，甚至放進我的感情在另外一群人身上，為數不多，來去十個而已，但是這些經驗就已經萬分痛苦。

我開始學會不責怪別人是在高中打工的餐廳裡，如同另外一種形式上的父親角色，這間餐廳老闆教我，與其責怪別人，其實應該要更清楚在自己身上的問題，從那時候開始，我學會了針對自己。

但是如果自己很弱的話針對自己其實也只是好笑而已（又苦笑）會想死。所以老闆接著又說，你要變強，於是接下來的二十年，我努力的想要變強。日復一日。越變越強，越強就越獨自一人，因為身邊的人都跟你不一樣。就獨自一人。這個強也是自以為的。

於是孤獨的強大是非常危險的，因為你一旦受傷失勢，沒有任何人可以幫助你，因為你做的事情別人根本不會也不知道，他們大概就是恐懼，替你把你自己更深處的脆弱跟無助顯露無遺。

坐在這條路的盡頭，絕望不停的從眼眶中汨汨泌出。

四周仍然還有道路。可是現在看不清楚。而且，我剛好需要休息，選好了的路會再繼續走。

謝謝這些苦痛，讓我們保持聯絡。

五・媽媽的愛

我一直記得，小時候被媽媽打到眼睛張不開的樣子。我被打還真的是滿活該的，因為我真的很死不認錯，我媽一直問我月考考得怎樣，因為那次月考我都在睡覺，所以我考的超級爆炸爛。多少分也不重要，總之我就是一直解釋各種不可思議的奇怪理由。例如我考試的時候做夢夢到自己在考試。但是其實是因為那時候爸媽把家裡搞得一團糟。不過我不敢講。

我媽剛被我爸罵了一頓。於是她看我如此的讓她失望，當然就是拿出打小孩武器之首的，衣架子。我媽會這樣是有原因的，如果我書念得好她就覺得可以在我爸面前稍微的有點尊嚴，雖然事後證明我爸根本連我跟弟弟的生日都不記得，最後弟弟有沒有畢業他都不知道了。

而且這種要拿小孩成績來當做夫妻之間的尊嚴認定參數的標準非常的不可取，請通知各單位即刻取消這種莫名其妙的亂數抽樣統計採記不完全的爛東西。

各位，請不要亂打小孩。因為你並不知道衣架子在瘋狂抽打之後會變成鐵鞭子，那是一種很像梅超風或是周芷若在用的軟鞭，而我媽明明就沒有練過《九陰真經》的下半卷。

然後我就變成柯鎮惡或金毛獅王了。

但是要是比看不見的慌張我可能更接近渾元霹靂手成昆。吊在衣櫃橫桿上那個勾勾因為沒有辦法打在小孩身上所以它沒有辦法變直，於是它就變成一個勾狀前端在空間劃出一道道白光，因為我家的衣架子都是白色的，當它插到我的眼睛的時候我不但痛而且怕，但是沒成昆那麼嚴重。因為我還有一隻眼睛看得到。我一邊擋住媽媽的衣架子軟鞭，一邊大叫：「媽，我的眼睛流血了，先不要打！先不要打啦！」但是我媽更大聲的叫回來：「你是我生的，我要怎麼打都可以。」各位小朋友這是錯的噢千萬不要學。事情怎麼結束也不重要了，總之我媽打完我之後自己跑去客廳哭。然後我爸就開始睡覺。我沒有去看醫生，也沒有幹嘛，我就擦乾自己眼睛的血。上床去睡覺了。

隔天我到學校去學校的校護看到之後，打電話叫救護車送我去醫院檢查，算是幸運！我沒有怎樣。只是那陣子過後，原本二點零的我，就變成近視了。也不知道為什麼？不過我時常想起金毛獅王說的話：

「師父，我一身功夫是你所授，今日我自行盡數毀了，還了給你。」

我常想如果我瞎掉了，我是不是可以就不要叫她媽媽。可是我媽媽沒有這樣的時候對我真的很好。人真的很為難。

我很迷惘，也因為常遇到這種莫名其妙的詭異事情，我的價值觀也顯得零落而破散。我的心像是天空，有時候是很美麗的銀河，有時候是暴戾的狂風驟雨，有時候充滿光亮，有時候一片黑暗。所以當我聽見講臺上的牧師，說出這樣的講道的時候，我馬上掉下淚來。我想，這就是我為什麼不願意做什麼，或是不怕去做什麼的一種原因吧。

冷氣很冷。

我想睡覺了。因為掉眼淚的關係，眼睛也不乾了。而我現在也經常想起媽媽希望

她過得好。

另外，我必須要好好替我媽媽分辯解釋一下，她是個很好的媽媽，要是沒有她我跟弟弟應該早就死翹翹了。

這並不是什麼不符合邏輯的事情，我對她的要求就是當時她應該狠心離開我爸帶著我跟弟弟跑掉不是嗎！但是她沒有，她留下來配合她的骯。

對，我想使用這個字，骯。

媽媽就像小叮噹天天在那邊骯骯骯。可惜爸爸永遠是個暴戾如技安，責任感像大雄，行為如同阿福的人。媽媽一輩子都只能骯骯骯。小時候他們夫妻生意失敗，其實就是某個在親族內被無限量放大原諒咒文的男人他吸毒賭博，然後揮霍無度導致全家人無家可歸。但是這錯全部被怪到我媽身上。我姑姑們常跟我爭辯這件事情，這種顯而易見的偏袒讓我相信每個人內心都有立場，只是他願不願意表達而已。他們從來沒有和那在瘋狂狀態的他們的哥哥與嫂嫂生活過，到底在評論什麼？鼓勵什麼？判斷什麼？

一片滿出來的好意只會弄得滿地狼藉。

我記得有一年過年，那是第一次我們沒有錢買過年的新衣服，以前我們都去中興百貨買過年的衣服。一定要特別強調一下是中興百貨。最以前叫做芝麻百貨。小時候我媽媽常常帶我去金琴西餐廳吃飯聽歌。

但是最讓我難忘的是那一年的過年我們母子三人在東區金石堂阿波羅大廈那一排的路邊攤，媽媽買了兩件外套，我和弟弟一人一件，媽媽抱著我和弟弟哭著說對不起今年只能買這件衣服了，以後她賺錢了，會再像以前一樣，當時弟弟和我都覺得很難過，不過我當時有相信以後會跟以前一樣，但是當以後變成以前之後，就再也不可能一樣了。那時候也是媽媽在東湖菜市場賣火鍋料的一年。那時候我已經在念延平中學了。媽媽總是在繳學費的時候東湊西湊，耳提面命我要好好用功讀書。然後有時候揍我有時候停車在路邊痛哭，我一幕都沒有忘記過。

以前我們兄弟午餐都可以吃麥當勞外送，對於當時的社會那好像是一種榮寵的象徵，但是當弟弟懂事正在成長之時他連美而美都沒吃到。

有一年三月還是二月我忘記了，當時天氣還很冷，媽媽帶我跟弟弟去南京東路跟

復興北路口現在是銀行和捷運站那個路口的哈帝漢堡吃東西。太久沒有吃過這種高貴的食物的我和很少吃過這種高貴食物的青春成長爆食期的弟弟，竟然點了兩三千塊的東西。但是弟弟把它全部吃完了。當然沒有在現場吃，弟弟外帶回家吃，拼命的把它吃完，還藏了一個牛肉堡在神桌那邊，哈哈因為他說那是他的。

我和弟弟很喜歡講笑話給彼此聽。因為小時候的我們真的常常笑不出來。除了睡覺以外只有好笑才可以讓我們稍微忘記可怕的現實。

這就是我跟我弟都很好笑的由來。

有一次和母親同桌吃飯，一轉頭看到她，我就想念她：「都是你害我那麼辛苦的。」不是那種想念，別誤會了。我很愛念她。就是念她。

我和她就像兩條曲線一樣，我十七歲那年，是正式的黃金交叉。從此，我往上，曲線跌宕不說，我仍然往上爬，而她往下，燦麗人生自此幽暗，她始終在底層蟄伏。

從此以後我們的人生都不一樣了。

多虧了媽媽，我會做所有的家事。沒錯，我喜歡洗碗洗得很乾淨，我會做很好吃的飯菜湯，把廚房收拾乾淨，掃地洗衣整理家裡，我媽教我。我學得很好很會，我是想要把什麼事情都做到很好的那種人，我想大概是虛榮心吧。不過另一方面我很懶，所以我也可能什麼都不做。

我跟媽媽是很像的人，他跟我一樣都是摩羯座的，我記得她的生日，記得她的家庭背景，記得她的故事，但是我卻很少，甚至在我所有的小說書寫中，她僅僅占得一篇。

我跟媽媽是很像的人，我跟她一樣濫情，一樣懷抱夢想，一樣不懼艱難，一樣在菜市場使力活下去，一樣能夠讓自己在六十度高溫的廚房上班兩三年，一樣不服輸。一樣身價數億卻身敗名裂仍然奮力活著。

媽媽卻是跟我不像的人，她做事情沒有計畫，恆心不夠，不立死志但是老是以死相脅，看著她，我就會悚然而驚，我是不是應該更有計畫，更有恆心，不可以死。

我的爸媽是上帝給我的功課。我怎麼寫都寫不完。也因此，我不說母親節快樂，

因為我不知道有什麼好快樂的。作為一個媽媽，她是有功勞的，不過她犯的錯，遠遠大過她的功勞。

我從她身上學會，為人父母，不要拖累孩子。僅此而已。

昨天晚上，我想起我的媽媽。因為整個急診室中，充滿了各種媽媽。

沒有一個是我的。

不過，我想起我在新竹工作墜樓的那一次，來接我的是我弟弟和我媽媽。

我很想讓我的痛苦和遺憾，中央伍以我為準，向中看齊，整好隊後把整個部隊移交給我媽。我才希望她千萬不要宣布，讓這些部隊不敬禮解散。因為我媽，是個很弱的指揮官。結果我媽每次都會把部隊解散，我又要重新整隊了。

那就讓這些痛苦和遺憾跟著我吧。媽。

妳要好好的。我不想祝妳快樂。因為那對我們來說太過矯情了。

昨天早上我和弟弟一起開會，看著坐在我們公司會議室的弟弟，我跑去廁所哭了一下。

我當然鼻酸和難過，但是也覺得高興。也許我們自己或是人生把我們折騰得古怪而變態，孤僻而難相處，不過我們仍然對於美好充滿信心，希望能做出不一樣的事情。

從小，我們就是用不一樣方式回應上帝賜給我們幾乎相同的人生。但是我有過很美好的前半段。而弟弟懂事之後就不停地在吃苦了。

弟弟的口齒比較笨拙，他也比較直來直往，我口才比較好，常常舌粲蓮花把死的說成活的。不過面對壓力跟阻礙，這兩種性格往往都無用。

我發現默默的努力才能打敗那些歧視，而且是慘勝而已，當我想要回頭告訴弟弟的時候我發現他早就滿頭都是血了。

他哭著跟我說哥怎麼辦的時候我也只能哭著回說我不知道。欺侮過我弟弟的人你們都死定了。我從小就講這句話。

後來我們慢慢的長大。說慢好像也很快，一轉眼我也快四十歲了。但是我仍然可以用小時候的一模一樣的語氣稱呼他，凱仔，凱凱。然後一個高大壯碩的青年就會用低沉的語調回應我說幹你很擊掰。怎麼那麼久。

這種時刻，那對我們來說是極好的光陰。

想起弟弟就會想起爸媽，我爸媽本身是極為失敗的類型實驗生物。如果有研究他們的實驗室，應該已經破產而且會被判刑，一級戰爭罪。

但是這個實驗所帶來的，阿公阿嬤，外公外婆，我的弟弟。都是極美好的。

也因此我常在想所謂的人生啊就是這樣吧。感謝主，沒有弄死我跟弟弟，讓我每次都能活下來。呼。

大家都在母親節想起自己的媽媽，而我想到的，是很久以前的我也有一個家，我和弟弟，和阿公阿嬤，永遠住在我們林口街那個爬滿九重葛的家。那些景象裡面，沒有媽媽。可是媽媽。卻一直在那。

六・房間裡的寒流

有一年隆冬我騎著摩托車上巴拉卡公路，雲霧很濃。我一個人一直騎，往雲裡去，往霧裡騎。

我本來想躲在房間裡的。

腦中一直閃過倪匡的小說場景，穿過那些雲霧，我就可以去一個不是現在我所處的環境，當一個不是現在的我的自己。然後我覺得自己很像是丁典，我想起他的遭遇，我發現眼淚真的是燙的，但是因為太冷它一下子就涼掉了。這種極大的對比令我想起以前有過急冷變成滾燙的經驗，倒是第一次使用微波爐，我把冰箱裡面的碗拿出來，然後微波，結果發出吱吱聲響，還有火花，原來那個碗上的銀漆，是真正的金屬。眼淚流過我的臉，也發出吱吱的聲響，不過是從我嘴巴裡面發出來的。回到丁典被穿過

琵琶骨那一段，當時的寒風，不只是刺骨而已，根本是穿骨而來。

寒冷好像巨大的鎖鏈那樣鏈著我，從兩肩分別鏈出，穿過我的肋骨，合為一鏈，再從胸骨下方拉出一條縱向向下分成兩條較細的鏈條，自膝蓋拉綁捆索，隨意打了個結在腳踝處，我怎麼都攏併不住我那發抖的雙腿，我一直騎一直騎一直騎，它們就一直抖一直抖一直抖。

我沒有足夠厚實的外套，我把我所有的衣服都穿在身上，我穿了兩件褲子，但是還是非常冷非常冷。幹！超冷的！靠北冷！超靠北超級爆炸冷！幹幹幹！我邊騎邊罵邊哭。我現在都還記得那種冷。

但都沒有我心裡的房間那樣的冷。

這實在太文藝了是吧，可是當下我只想這樣形容，過了十多年，我依然記得我心寒的原因。我的阿爸吸毒之後瘋狂毆打我阿母，然後我阿母就瘋狂毆打我。如此反覆數年。我爸爸的親人們完全忽略這件事情，他們一直說沒那麼嚴重，你們來跟他們住住看。我好想這樣大叫。但是我姑姑叔叔們都是好人我不想這樣對他們。算了。我和弟弟都認了。

其實被毆打我沒有什麼太大的痛苦，因為已經不痛了。我難過的是他們完全不知道我和弟弟怎麼了。我們吃飯了沒，回家了沒，有時候我被打一頓是因為我不在家。可是我在家啊！不然他們打誰。然後他們矢口否認他們沒這樣做過。三更半夜叫我和弟弟起來吃飯。菜色很豐盛，是媽媽的味道，我媽做菜很好吃，可是我們都有一種吃最後一餐的感覺。回到我們的房間我們都會有一種終於逃過一劫的感覺。

那天我騎上巴拉卡也是剛吃完一頓飯。然後我阿爸說我只會吃就莫名的對我開幹了。我阿爸拿很大的菸灰缸要來砸我的頭頭，我閃開並且逃了，沒砸到。我記得我的老師告訴我：「小杖則受，大杖則逃。」然後我就逃了。我弟弟跟我說哥你快逃。也許是因為打我就夠本了，弟弟不會被打。但是事實是怎樣我也搞不清楚。也不想搞清楚。總之他是安全的。我離開房間的時候弟弟看著我，我就哭了。

我本來去找我當時的女友她住在中和瓦窯溝。

結果我騎到他們家樓下看到她跟我初中同學在接吻。當下我有點害羞，但是也不知道在害羞什麼，然後我就走了，其實我並不是太傷心。我只是覺得這下我要跟誰說這些狗屁倒灶的事情呢？然後我就漫無目的的亂騎。

也許我的內心最巨大的石塊是我的父母。擋住了房間的門，我開也開不了。無法移動。沒什麼能取代我的遺憾，我的遺憾好像是最重要的事情，那些對於父母給我構築的世界的疑惑，大過任何在我身邊周遭發生的事物。很多人要把我拉出來。但是我好像沒有要走的意思。

也許是因為這樣她才會和初中的同學在一起的我想。我想了很多原因，總之她沒有錯。大概是我的錯。不過我沒有想死的念頭。我只想要去感受當下活著的感受。當我感受到淚在我的臉上燙出兩條隱隱的痕跡，又凍成兩束低溫的河道，我知道自己還能活著。

我在巴拉卡隨地便溺並且抽了一根菸，然後就下山了。然後我回到我淡水租的房間。

我到現在都還記得那時候房間的空氣溫度和味道。她的味道。

每當我的心快要窒息的時候，回憶那種味道總可以把我救回來。好像雅典娜的呼喚那樣。（笑）當時我是很窮困的打工學生，房間內沒有冷氣，我不敢邀她來。她自己來了，自己跟我打了鑰匙，在我冰箱放各種的食物。整理我沒有東西的房間，有時候我

打工很晚下班，她早上沒課的時候就來了。我在紙上寫她的名字。她會拿紅筆圈起來。我醒來的時候兩個人在方形的空間中，好像兩窩的螞蟻一樣各自長出一條獨有的動線。

刻意不交錯。

過了很久我們都是這樣彼此交錯，沒有任何肢體的接觸，當時我的初戀女友正在跟我的初中同學劈腿。我知道他們在一起很久了，晚上我沒睡著的時候都在哭。她就坐在窗前。就著月光跟檯燈寫她的東西。有時候我很熱洗完澡就睡就沒穿衣服，她進來看到了，會拿毛巾蓋在我身上，我熱醒了，就會拿著毛巾去浴室穿衣服。一開始我很不爽她就這樣跑進來。久了就會想她怎麼還沒來。

她念的是法文。崩究洒微的我聽不懂。我只想賺錢。我知道初中同學可以帶女友去任何我去不起的地方。我滿腦子都想要變成有錢人。她呢？我好自私，當時沒想過她。只覺得她就那樣的存在著，我也沒問過，我恨自己的沒問過。

我永遠記得她唇上細微的汗珠。還有她身上的香味。

她長得極美。聽說是雙溪那邊大學的法文系的系花。我是在英專路上的文具店認

識她。她是老淡水人。轉學考之後，我心情極好。她在救一隻小貓，那時候還是冬天我穿著短褲。我幫她救小貓，她問我你不冷嗎。我說冷。她說那幹嘛穿短褲，我說我沒有長褲。是真的沒有舒服的休閒的長褲，我的牛仔褲在洗。

然後我就認識她了。

本來是要把貓養在我家。所以才打鑰匙給她。後來貓被她同學帶走。我就變成貓了。她只問過我一次女友的事情。然後某個晚上她說，她都不來你家，這樣也算在一起嗎？我好像生氣了說了什麼。我說話很難聽。她哭了。因為是冬天我很容易就可以躲回睡眠裡面。我以為自己知道她想幹嘛。其實我根本不知道。

然後她就消失了。不，她以為我會找她吧，我沒有找她，但是我知道她在什麼地方做什麼事情。我記憶力很好。她把房間鑰匙放在我的小白上。然後有個寫著一小段法文的紙條。我竟然沒有去瞭解的勇氣。我又哭了。後來我和女友分手之後。我在東區看到她過兩次。我們彼此對看很久。我竟然沒有走過去。跟她說一句話。大概我還在那個房間裡，永遠，喜歡著我是一隻貓的冬天。

而我的房間，永遠有一道溫暖的寒流。

七・寒流過新年

港邊的人龍總是到了這條路就被海風截斷。

熙攘的鬧熱人浪打到巷尾的咾咕石矮牆上，就破碎成落定在破碎瓦厝玻璃上的塵埃。海邊靜靜的，幾乎沒有聲響，偶爾就是糊糊熱熱的空氣傳來遠方的潮聲，夾帶幾絲飄過老舊小汽缸機車引擎聲，遠方的海浪悶悶雜雜的時候，就是要下雨了。

我不會把車門開著，我連車窗都不會開，我需要車內的空調，車子內的溫度，讓我覺得我有一個自己的世界。

我本來的世界裡面沒有我。

這條新建的濱海公路，它只為著春節存在，這個島嶼上的小小尾巴，被老師稱為半島，看著地圖覺得就不過是芝麻般大小的地方，是的它是滿小的，不過，它其實也不太小。

從進入車城鄉開始，大概是過了竹坑之後，車子不熄火，不要停，用五十公里時速的方式，直直開到車城鄉公所，左轉後，再不停地開，經過四重溪，經過牡丹，經過高仕，開到旭海，右轉後接往港仔，到九棚，然後經過龍磐大草原，然後一直開一直開，經過佳樂水，經過船帆石，經過小灣，經過墾丁，經過南灣，經過左轉會去紅柴坑，直走可以到恆春鎮內，左轉之後直走會到大光，右轉會接到紅柴坑，山海，萬里桐，這裡，是我認為最美的海灣跟星空，然後會經過後灣，經過射寮，回到26然後回到鄉公所旁的派出所。

都不停車，三個半小時的路程，時速五十公里。

走高速公路最低速限的話，三個半小時的路程，可以從臺北到臺南。

因此我知道時間跟空間的對應關係，就是在這樣的空間跳動中感受的。

當空間的存在感巨大，則計算時間的心靈對應會顯得漫長，當時間的存在感巨大，則觀看空間會益發覺得人之渺小。

這是我的感受。

其實很難正確完整並清楚的描述我的感受。人迷惑在感受之中卻時常覺得感受至為重要，那些空無的虛幻感受只會讓人沉溺而忘卻現實的殘酷。

特別是我，我當時必須倚靠感受去判斷的時候，我感受的方式是這樣的，我會先想像感受之所在，然後揣摩某種我未曾擁有卻希望擁有的，確切進入我已然身處卻盼望脫逃的，兩邊感受的塑造體驗，安排自我魂魄的進入退出，我總是預期脫離苦難的感受而馬上覺得安泰舒坦，然後回到真實的現況苦痛非常，我相信未曾擁有的感受，並且挺身以抗現實的感受，只因我身在我靈魂的出身地。那個我一開始建立感受基礎的暗黑洞穴。

我在海口村有靈魂閒置著。

2008年那年過後，我就始終沒有回到這個城市裡面，因為這個世界不是我的。

我常常寫我究竟要如何書寫那段記憶往事。才能平實的讓人理解，差異，是無法透過描述理解的。

我對城市裡的人們對於我們的評語充滿憤怒，對於鄉人覺得我是城市裡的人充滿無奈，於是我不屬於這裡，也不屬於那裡，我隨時被嫌惡，也隨時被擁抱，我的親人族戚，對我感到陌生又熟悉，我像是他們埋在他們自己記憶深處的寶盒一樣。啊他阿爸混不好他才回來，啊他回來了啊真久沒看見。

極度冰冷但又燥熱的的盒子如我，一揭開，就看到他們自己的那一部分。

這個熱帶的某個七八度低溫的寒冷小年夜，在熱帶恆春半島中的寒冷之年。

靈魂那年在海口村回到我身上。

靈魂什麼的不是我想說的故事。也不是重要的角度。但是靈魂真的存在。我想一個村落能夠聚集在一起大概都是針對某種靈魂的吸引集中而來的，這裡的靈魂可以解釋成千歲，王爺，媽祖，先人，總之就是各種祖先們從未死去的注視。

那種深沉的注視，被看久了會覺得背脊發寒的注視，別怕，那是落山風而已，走過那條筆直立著木麻黃的小徑的道路，我跟自己說，別怕，那是落山風而已，我常在想我在這樣的村子裡生長著的初初時日，跟著阿嬤走過這條小徑，我當時有沒有印象呢。

我唯一有印象的時候也是某年的過年，落山風呼呼地吹著，我和弟弟跟著阿嬤，從海口走到海口營。

小時候的我覺得很長的一條路。

現在走起來也不過短短數分鐘的路程。

卻怎麼也走不完那種蒼茫與支絀。半長不短的荒草跟矮了半截的灌木叢，巨大的枋山溪清淤出來的巨石堆積成黃色小丘，新的鄉公所清潔隊大樓，破爛的路面凹洞傾滿了碎石充數，這是斷裂的故鄉記憶中的片刻風景。我回鄉的次數不多，時間切割卻漫長而混亂，像是剪接邏輯低劣的紀錄式影像一樣，喃喃地重複幾幀無聊的框景，重複重複重複，落山風吹風吹風吹，不動，一動也不動的荒涼著。

回海口探看的最新的這一年。

我四十一歲這年，實則滿三十九歲，臺灣歲算是四十一歲了。我十二月的時候又回到故鄉，我帶著我的公司團隊，這個初初成長，如同十月底才下苗的洋蔥籽一樣。才冒出頭的綠，看起來青黃不接的樣子。連綠都稱不上。

對照我寫第一篇完整的文章風化歲月的時間，好險還沒有二十年。我站在海邊的山崖上的白色擋風牆前，星光殘照海面有湧，天雲陰霾，嘯嘯落山疾厲穿刺身軀，舊的靈魂搖搖擺擺的發抖著被推出身體，新的靈魂就從腦門臉孔七竅灌進來。

年就被吹開了。

我向來喜歡冬天，不只是因為我在冬日出生的關係。而是冬天是一個公平的季節。相較於夏天跟秋天還有春天，冬天清楚的冷酷著。

不會跟你瞎扯胡來，就是單純的冷。

但有幾年，我覺得臺灣的冬天壞掉了，開始變得不像冬天，直到那個除夕夜的

夜晚。

那天破紀錄的低溫讓我開始相信，上帝的存在就是要讓我知道。這世界上的一切，只要是發生過或是正在發生的一切，都有它的意義。

碎裂，破散，撕裂，傾壞。他們遠勝那些美好笑鬧，來得巨大而狀然。

而意義一直是不需要懂的詞語。不用賦予意義任何意義。只要記得自己心懷破落的當下，那些前後無人的時刻，面對它，意義會在慢慢在日後的人生中顯現出來。面對自己的敗壞，就是最重要的意義。

八・雞白人紅考

跨年那天就開始寫這篇文章。但是好忙就一直擱著。脫口秀那天本來要照著這篇文章講，不過因為內容也太不好笑了，所以作罷。掃興了就不好了。但是脫口秀那天還是非常不好笑。想到很多過去，要是直直地描述，實在是好笑不起來。

說說有關雞白人紅的由來。

依照我平時的形象，大概就是把他解釋為髒話的程度吧。沒關係，我習慣了，我也很配合大家的促狹說了寫了一些有的沒有的故事。然而，我內心不是這樣想的。這些事情很哀傷，不想要影響大家的跨年心情。我之所以不喜歡跨年跟過節，有很大部分的原因來自於我不喜歡我的原生家庭。說錯，其實我只是不喜歡我爸。但是我又覺得他很可憐，一面覺得很哀傷，一面又厭惡的心情，糾結而煩鬱。每年都想到要面對

他，整個很難自在起來，可是人成長總需要榜樣，我的人生就是一直在尋找榜樣的過程中，度過了一年又一年。

我想起自己的幽暗的十八歲，那年也是雞年。過了二十四年。我仍然記得那年的夏天黃昏。

我親愛的老闆跟老闆娘，那天我把我新買的摩托車撞掉了，我很難過，他們找遍所有的急診室都沒有我，還去了殯儀館。直到在國泰看到我，兩個淚流滿面的人看著我，我永遠記得那天，在醫院裡，他和老闆娘一起看著我的凝結時光，當下，我怨恨他給沒經驗的我時薪 70 塊的憤怒消失了。畢竟他出了很多次我的學費。後來我的時薪調成 110 塊。於是我跳過這段想起了我認識他們的場景。

我常常反覆摩挲著這些瑣碎的事情，不停。

進門的牆角有兩大一中兩小的水缸，大的，總是種著我們一起去爬山所偷挖回來的山芋。水缸外上著褪色的土黃色釉面，從舊物店收回來的窗格支開了垂下的月桃葉，十字星交疊的霧面玻璃又美又遙遠的向我的眼簾分割出一個時代。

已經消失卻無法消滅的時代。

我東西很少。所以捨不得丟，不管多痛苦多快樂，都是我的寶貝。我總是握著它們坐在暗處。一個一個數著。這是誰給我的。那是誰給我的。然後我揣它們在衣服裡。等我要拿出來。它們都藏進我的身體裡面，我無法明確的知道它們在哪邊，但是它們卻溫溫火火的暖著面對冰涼人間的我的魂魄，知道我哪裡敗壞了，軟弱了，苦苦地支撐著我，苦苦地，但是支撐我。

那個雞年，我從那個白色的病房中醒來，看著兩個非我血親的人，背著光，一直掉眼淚一直掉眼淚。我醒來之後跟他們說我毫髮無傷，老闆血紅的眼睛看著我，輕輕的撫摸著我的臉說，人沒事就好，玩具熊，人沒事就好。以後要小心一點。我哭著說我沒有錢買新的摩托車了，老闆說沒關係，錢再賺就有，人沒事就好。

還活著就好。

所以我想要有一個可以紀念他們的東西。縱然沒人能夠想起他們，可是我可以，所以我存活的意義就是思念，只要我能想著他們，他們就永遠不會死去。也不會消失。

2012 年的年末。

我人在新大阪車站，難波的人潮，翻浪洶湧。傾城的狂風，從六甲山上奔來，淒冽如刀。天上雲飛變幻霎颯，突然間我明白，是啊，這就是六甲狂嵐。

人生記憶寫起來總是像詩。真的活著就比較不是。

我無意對仗或是逞口舌之快，這是真心不騙的硬道理。跟安藤忠雄的建築一樣硬。卻跟姬路城的白色屋簷一樣柔軟。我和一個客戶他們公司一起去大阪京都神戶瀨戶內海旅行。多虧了他們的機會，那是我的公司第一次見到人間。我在神戶港邊透過窗外清晨的光想要給公司一個祝福。

約莫中午時分我在心齋橋尋找我大兒子的禮物，在大阪心齋橋星巴克旁邊的 Tom's House 我買了一件他穿不下的 T 恤。是千堂武士的品味。我很開心，浪速之虎的靈魂似乎會支撐我可愛的小孩度過他不是太完美的人生。

冬日的陽光讓溫度上升了五度。大概是十度左右的溫度吧。我看到王將餃子館的招牌。肚子餓了起來。可是我必須趕路去買新幹線的票。我搭著電車，前往新大阪站。

新大阪站比東京站善良七千八百五十萬倍。我很快的找到了新幹線的售票處，買好了往東京的綠艙。尋找起食物。

食堂的景色總是讓我想起十八歲前後的幾年。

十七歲高一下第三次保護管束的時候，之前過失傷害的觀護人跟我說，這次是恐嚇取財，罪更重，要我應該直接放棄學業去學一技之長，這跟我阿嬤希望我去車行當師傅是一樣的理論。他們覺得我不愛讀書。我不太知道自己愛什麼不愛什麼，除了英文跟數學還有理化以外的課本，我都是發下來前兩天就看完了。高中之後沒有好好上課念書，都在想辦法打工賺錢。

我擁有的這座食堂，叫做九番坑。我記得第一次到九番坑，年紀大概三十出頭的老闆，蓄著小鬍子，穿著木屐，趴他趴他的慢慢走過來，我跟天長地久泡沫紅茶店的老闆之一的賴大哥從幽暗的樓梯走上二樓，推開木門的時候咿啞一聲，滿場的酒瓶，桌子上都是沒有收乾淨，要是我可以上字幕的話，我一定會用小塚極細明體上字幕「杯盤狼藉」。接著老闆從深黑色的木頭桌上，隨意抓了一包新樂園，吞吐抽將起來。

他細細小小的眼神有著透利的光芒，爾後我才明白，他那種毫不留情面的嚴厲，

是他最深的溫柔。我們總是在夜深的時候，從廚房弄出各種食物，有冷有熱，或是把客人沒吃完的菜拿過來吃，是味道不對才沒吃完呢？還是吃不完？喝了太多酒了？還是不合他的口味，總之，我們都會一道一道吃吃看。那些客人沒吃完的菜，我經常吃得精光。那是我年少最重要的味覺記憶之一。

我會到廚房去，用一碗白瓷描花的小瓷碗，放一些辣椒，還有醋跟醬油。我用它來沾各種東西。那些闇夜的燈色，令我非常穩定而感到溫暖。

所以我從來沒寫過深夜食堂的讀後感。不是因為我沒有看過。是我看著看著就會哭。我從小就在一個深夜食堂裡長大。

以前，我不太會吃東西，也不太有什麼長輩的想法。我是在一家餐廳學會吃東西的。嚴格說起來它不算是餐廳，是家。嚴格說起來，它不是我上班的地方，而真的是一個家，因為老闆跟老闆娘還有他們的剛出生的兒子就住在餐廳裡面。是的，就是裡面，在廚房跟用餐區域的夾層中間有個房間，那時候我工作之餘還要抱小孩，我們鄉下小孩給阿嬤阿公帶大的都會幫忙照顧小孩。所以我會。只是這個家是他們的，後來在我心中，變成我的而已。

那時候我開始找工作，因為我想離開我的家。但是我的人生觀算是這個老闆和老闆娘建立的。用他的眼淚跟他的髒話，還有她的愛跟讓小孩跌到床下的沉睡魅力，讓我得以在人間站立著。

我記得很清楚。這不是一個故事，這是真正的人生。

我站在我的人生裡，新大阪站地下室的食堂街前。突然我笑了出來。因為我看到一家店名叫做磯八的串揚店，我邊哭邊笑。想起老闆跟老闆娘的臉。我沒有吃這家店，但是我拍了下來，因為那家店人很多，我隨便躲進一家拉麵店，一抬頭就看到雞白湯拉麵，雞白人紅炎上拉麵。我點了一碗。

邊哭邊吃，這次是辣哭的。

這就是雞白人紅的由來，為了紀念我的食堂，還有我的老闆，跟老闆娘。

九・酒家少年

酒家少年不知曉，金樓老來是無聊。好教大家知道所謂的編年，其實該是從我延平中學初中部二年級開始，每天晚上在中強公園被我媽停車痛打那年，可以作為痛苦元年。

但其實，那時候阿公阿嬤，我們全家還住在林口街。除了皮痛以外，有些好笑的事情都在那時候發生，所以老實說不是太覺得痛苦。至少我媽拿鍋鏟打我的時候，留在我臉上的菜我把它拿下來吃掉的時候，媽媽跟我笑得很開心。

1994年我剛重考完上高中，那時我仍然住在林口街。阿公阿嬤剛剛搬離開，我的聯考分數很高。但是高分低填被唸了一頓，不過媽媽仍然很開心。但是開心也只有那幾天而已。爸媽那時候天天的在吵架。吵得很兇。偶而和好但是跟小時候比起

來我已經沒什麼感覺，那時候我的計畫就是想辦法自己活下去，因為我知道，我會被他們影響。我一定要離開這個家。我還沒有經濟能力的時候就一直是這樣的規劃自己的人生。

我來到這個餐廳的時候，身分仍然是保護管束的學生，我的觀護人常常提醒我，我是有罪的人，如果我再犯錯，就要回去坐牢，現在想來非常可笑，什麼爛觀護人，觀念都是錯誤的。

觀護人問我要不要去學習一些技藝傍身，他出發點跟我阿嬤幾乎一模一樣，他們也都提供了我很多建議，像是巷口的摩托車行，朋友開的燒餅豆漿店，甚至跟我說，鼎泰豐缺學徒。

我非常想要賺錢，因為我想要逃開，我找到九番坑這個工作的原因也是因為恐懼，當初我打工的泡沫紅茶老闆看到很多我往來的同儕，完全不相信我是一個前三志願公立高中的學生，他滿臉歉然的跟我說他已經不缺人了，但是其實日後我看他天天在面試新的員工，不過我已經不在乎了，因為我有了九番坑了，那是我最喜歡的身分之一了，在我這短暫的一生之中，這是唯一帶給我光榮的工作。這個光榮，就是那個瞇眼睛小鬍子老闆教我的。

他把我趕出九番坑過，就是某日我瞪了客人一眼，客人沒看到，但是他發現了，他跟我說服務業的精神就是服務，在客人發現自己需要什麼的同時，比客人更先預測他的行為落點，是的，這是他教我的，那是距離現在二十四年前的時光。他有多麼的領先，我不需要多加飾詞，他說這個客人現在站起來，桌面是乾淨的，該清的菜盤清掉了，該送的酒送了，該換的碗換了，這個客人左右動著嘴，八成是在找牙籤，果不其然，與其說他神，不如說是觀察入微。

我佩服完之後他就叫我滾，馬上滾，他是用臺語髒話叫我滾的那樣，他跟我說玩具熊幹林娘機掰，你憑什麼大眼看著客人，你憑什麼，你什麼東西。是的以上都是他的原文。

老闆說我沒資格恨誰，這是我自己的問題，我要自己好好檢討。

後來老闆娘幫我求情，她是書記官簡任十一職等，也是觀護科科長，是一個極為稱職的觀護人，老闆跟她，是我自己專屬的，獨有的深夜食堂。

此時，鈴木常吉的〈思ひで〉旋律響起，我記得他們給我的一切，老闆娘說玩具熊不是故意的，他已經很乖的在這工作這麼久了，又早來，又幫忙挑菜洗菜，還把餐

廳整理的乾乾淨淨，窗戶都是透亮的，下午陽光照進來木頭地板都閃閃發光，那綠色窗框上也都沒有任何灰塵，都是他一個人整理的，你到底在嫌棄他什麼，你一天到晚都在瞪客人，怎麼都不檢討自己，還趕客人走，有什麼資格說別人？老闆訕訕地說，可是我是老闆。

那時候我開始找工作，因為我想離開我的家。但是我的人生觀算是這個老闆建立的。

我記得很清楚，不過，我說的不是一個故事，是真正的人生。

回到我開始找打工，第一份正式打工的工作就是在松山路口金仙旁邊的的小歇，現在小歇已經變成一家鬆餅店，但是金仙把好萊蛋糕那間鋪子吃下來，寫作的現在他們早已擴大營業多年，但是那個老闆跟我小時候看到他的樣子長得一模一樣。臉書則一天到晚推薦我加那個老闆的太太當臉友。

當初為期短暫的三個月泡沫紅茶打工很快就結束了，一年也跟著過去。我媽媽跟爸爸因為吸食毒品的錯亂生理時鐘，構築起來的家庭生活，讓我每天都想要逃避跟睡覺，考試的時候我都亂寫然後就睡覺了，想當然耳我被留級，但我仍然很想繼續打工，

暑假的時候我回到小歇，想要看能不能有打工的機會，老闆們一個姓賴一個姓白還有另外一個大哥我一直想不起來他姓什麼，總之他們找我去他們開的另外一家紅茶店面試，在龍江路跟長安東路口，叫天長地久。

真正的痛苦元年是阿嬤他們搬走的那年。

那年我的阿嬤因為我滿二十歲（實歲才十九），打了一條金鏈子給我，當時我人在九番坑上班。那時候的我是很恨阿公阿嬤的。

我恨他們拋棄我跟弟弟，讓我們兩個人和陰影一起成長，我以為她忘記我了。她的長孫，她一手帶大的，我覺得她很愛的我。

為什麼丟下我跟弟弟呢？

我皺著眉，僵著臉，每天上下班。隨著九番坑老闆的教導，慢慢接受這就是我應該要領教的真正人生，迎面而來的正拳。

十九歲那年的生日，阿嬤找我去基隆。彼時她住在二叔的基隆的房子。

她塞給我這條鏈子。當時我沒有什麼感謝的感覺。但是我覺得這個金鏈子很重要。我去拍了照片。

因為我覺得是阿嬤欠我的。但是這些日子以來，我想起阿嬤所做的所有事情。我發現世界上再沒有她這麼偉大的阿嬤了。這麼節省的一個序大人，她積攢了很久的錢，幾乎都給了我們。我們每個子孫。

我其實哭得很慘。阿嬤並沒有欠我任何東西，在回到林口街的晚上。

我想念她的時候，就會看這張照片，我整理小說的時候，就會看這張照片，很久以前失敗的時候我有尋死的念頭的時候，我希望用在自己靈堂上的，也是這張照片。

我想很多人對於別人的生命歷程連簡單理解的誠懇都闕如。只能說著一些無聊的場面話而已。如果是這樣，那就不如不說。或是讓我請你喝飲料。

至少我們可以控制苦甜什麼的。

至少。

十・不要死

我好想對你們說些什麼，例如生命之類的。但是我不敢說，因為我知道我沒資格。我的人生也過得破破爛爛零零落落，可是看到你們，就覺得捨不得，那些很苦的往事好像白蟻一樣一直往我飛來，你看過那路邊蒼白的路燈嗎？我是這種感覺。那些痛苦的記憶很像白蟻，在我不甘願的時候他是這種感覺。

但是我也有可能是一朵很美麗的花朵，那些記憶則是蝴蝶。

我們有想像的能力，想像力可以帶領我們越過難處。我的想像力是上帝賜給我的，你的有可能也是，也有可能是天生的也有可能是各種背景訓練而成的。

而我希望你們永遠保持想像力。

我說一些我尋死的經驗給你們聽。

在我少年的時候沒想過要死，可能是我天生反骨或是常常被打。被抓去少年隊，被關過，所以我不太恐懼這部分的威脅，以至於我忽略了其實對大部分的你們來說，法律跟警察都是極為令人恐懼的部分。

後來決定不再犯法是因為實在浪費很多時間，人不自由，就什麼都不能做了。

想要尋死是創業失敗之後的事情了。那時候我三十歲。現在想起來，三十歲還年輕是在死三小。

不過那時候我真的想死。

那時候我一無所有，家散人離，細節處就不足為外人道了。我在屏東省道上，象山的小徑上，策劃了超多尋死的計畫。都希望能夠留給我剛出生的孩子什麼。我希望他能夠長大，我一邊收集死亡的細節跟資訊，一邊擔憂一無所有將會給我的威脅。我害怕又恐懼。我真的體驗到無能為力四個字。可能我身邊的人都不能相信，可是我知

道，我是一個真正對人生無能為力的人。

然後我認識的黃國峻、袁哲生、黃宜君。甚至更早的邱妙津、川端康成、我的堂姑，他們的死都是自行進行的。

我救過我媽媽三次，三次她都滿血。把我弄到沒血，一次她在家裡自殺噴滿整個房間都是血，一次她跳樓，我摟著她往後，我們從水塔上跌下來，一次她吃安眠藥。但是她都沒死成。因為我會救她。死亡很近很近。

我一面害怕一面靠近。

我想要衡量死亡的價值。最終是一通電話救了我。電話裡的人甚至連安慰都不會，他只是一直跟我說，上帝愛我。俊雄，上帝愛你，我不記得你了。可是他要我打這通電話給你，他要我告訴你，不會沒有人愛你。他愛你，你是他兒子。

我沒有要你信上帝的意思。但是我要你知道。就算你不信上帝，我也愛你。若是你願意相信，你可以打電話給我。我不會說一些很瞎的話，我可能可以就是陪陪你坐著。什麼也不會說。抽些菸，喝些飲料什麼的。不要想到要死。

回想我所有經歷過的死亡。這些經歷救了我。你不需要有這些經歷，我有了，我可以講給你聽。你也可以不聽。但是但是，再給我們一些機會。陪伴你。

我很擔心你，你可以打電話給我。你有我電話。

有幾個熟識的朋友知道。但是他們看見我現在過得很好，當初那些苦楚，大概也只剩我自己視若珍寶。他們說都過去了。

可是並沒有什麼東西會過去。我們佩服的國家，歐洲日本德國美國，他們不會讓東西過去，他們想要讓過去留在身邊。

有些人叫他們歷史，有些人叫他們文化。

那些隨便叫人遺忘的，都有問題。我們不會忘記發生過的事情。所有美好都在告訴我們，珍惜。

我有兩個很重要的珍惜經驗想要跟你分享。若是你有看到這篇文章。我希望你想

想。兩種最重要的珍惜。

可能性的珍貴。請珍惜。

離別的珍貴。請珍惜。

因為我們留存了，我們才能發揮各種可能性，這是當權者跟權勢者拼命抹殺我們的部分，他們將可能性占為己有。一直跟你說只有他們說可能的部分才是可能。

於是我們要與之對抗。

勇士為義鬥爭。

人為愛人鬥爭。

人民為國家鬥爭。

己身為他者鬥爭。

你做到了，因為你珍惜了可能性。

友人離開了，請珍惜，並且記得你的苦楚，不要把這樣的苦楚留給愛你的人。珍

惜離別的那些苦痛，就是一種己身為他者著想的過程。

我們都很愛這裡，真的，不要覺得自己是一個人，還有很多人。每個人都是一個力氣。一個都不要少。我們還要繼續奮鬥下去。

請珍惜。你和我，我和你。

十一・痛苦伴侶

痛苦的時候，你會做什麼呢？我都看漫畫，灌籃高手跟H2，我看了一次又一次。

一次又一次，眼淚也流了一次又一次。

所有的感觸雜七雜八地攪在一起，有耐心看完的人就看，沒有的話盡量就跳過吧，我最近的臉書不會太好笑，如果要取消追蹤跟解除好友的也請自便。

我只想寫給一些人看而已。

你、你還有妳，我想跟你們說謝謝，謝謝你在我心中，成為了堅強的支柱，十根手指頭都數得完的你們。謝謝。

我總是讓你們失望吧。我知道。

我想作為一個負面的例子存在在世界上，藉此鼓勵所有對面難關跟無可避免的哀傷的如同我一樣的，是我的自我價值跟認同。是的，我必須為我們這樣的人活著，試著不要放棄，試著找出一種態度，好讓那些一無所有的人，相信一件事情。

我這樣的人並非一無所有。

所以從我小時候開始，我接受我的餐廳老闆簡慶宗的教導，相信人要拼命做好眼前的工作，那才是價值，這個價值觀剛好跟我的基督教信仰一樣，我要做好神安排給我的工作。盡力的做。

最近做動畫很有感觸，新海誠在會議上，親口跟我說他剛開始做的時候，有一種哀傷。而我似乎懂得，我請以前的同事幫我翻譯，我的感覺是在替有可能就此死去的自己留下一些什麼的那種哀傷，看著自己的離去，那樣的哀傷。

靈魂什麼的好像是一種斷裂失調的歌曲。不成調的伊伊額額。

被歲月纏繞的靈魂益發巨大，卻也益發扭曲。越過幾年，就越覺得自己是個礙著大家的。想要努力的人覺得我不夠努力；不想努力的人覺得我太過積極。沒有冒險精神的覺得我好發大夢；有冒險精神的覺得我過於妥協。

想想。覺得難過也不過就是我礙著了大家要過的生活。我對不起你們。所有的人。我始終這麼想。

我的夢，我的想，也不過就是造成大家困擾的一個原因，不論我給了什麼，始終都是不夠的。

我有一件事想求大家。那些認識我的。對我有一點點想念的，如果，有一天，你們遇見了我兒子。可不可以，對他們笑一笑，鼓勵他們。我不求什麼，我之所以給別人，是因為我知道我的一切是別人給我的。

我的想法很簡單，我只保護我愛的人。我知道你們不相信我，但是老實說，我的人生，只有你們。

過去我過得不太好，想當初的痛苦，跟現在比起來，一個是沒吃飯沒地方住的痛苦，一個是失去信任的痛苦，兩相比較。前者已經早就失去信任，後者卻沒有前者切膚之苦。

我可理解卻不能一笑置之。

因為我最苦的時候也從未沒把自己的苦轉嫁別人。我不苦了之後也從未動過還施彼身的念頭。

你們用苦待我。卻不覺得也不以為。是非常正常的。

因為感覺到這些的是我。

十二・通往明日的暗道

20160112，東京，氣溫攝氏一度。

東京冬日的夜晚總是來得急又快，還不到五點天就暗了。我上了計程車，從住所出來左轉永代通往皇居方向，遇到內堀通在大手門左轉，經過馬場先門，道路兩旁左右兩旁都是黃色的草皮上伸展著各種曲折的枝幹，頂著圓絨綠叢像是一群奇特舞者，隨著殘弱的夕陽與下弦月光的平移，各色車燈的輪替閃爍照耀，進行一場冷靜異常的冬夜日月光影殘像之舞。

沿著內堀通到法務省應該要左轉，不不不，不是啊老先生，不是走櫻田通い啊，我好想對著那個老先生駕駛者說，無奈我日語苦手，我只能看著好像要左轉櫻田通い的他，啊啊呀呀的自言自語，我想他是要說給我聽的但是我聽不懂，終於他踩了煞車，

繼續前行，沿著首都高渋谷線這條陰暗的高架道路下的通道，前往西麻布。這條道路走了一年多，看起來已經是熟悉的景色了，高架道路的底下光線不太清楚。車行一照例見到夜間發光的幸福実現党招牌，我就知道已經到了赤坂。也許是每日尋思的緣故，究竟什麼樣的聚在一起才能讓幸福實現，或是說，為了要讓幸福實現，要召聚什麼樣的人們才行？只有神祇佛菩薩能做到吧。果不其然，這個黨是個宗教法人轉成立的政黨。外表井然有序進步現代又充滿傳統魅力的日本，信任潰散迷離的人心，本來就沒少過。幸福実現党大概就是臺灣這個民國黨的祖師爺那樣的存在。

胡思亂想中車速慢了下來，目的地在青山靈園旁的山坡下方，但是老先生突然卡住了。他不停地看著日本計程車上那種特別的地圖，這種地圖有五種版本以上，我看過很多種品牌的計程車，於是我知道他這個版本是舊的一定找不到的，果不其然，他不知道要往何處去，明明就近在咫尺的範圍，他卻停滯了，看著地圖上明明存在的道路，他卻無法找到轉入的入口，他回轉了一次又一次，我則吞下那些話語的衝動一次又一次，我不會說日語，而他不會變通。眼看著他幾乎想硬要轉入一個根本不可能進入的巷道，我真的忍不住了。

我知道他一定會聽不懂但是他一定又會懂我的意思。我英日文夾雜的阻止了他，他也完全不在乎我說什麼話的停了車，但他總記得很禮貌的跟我道歉，而我只能下車

步行到我的目的地。

這種經驗在東京並不稀奇，東京非常廣大，不可能每個駕駛都能認識路，越深入這個社會，就越能明白，這個民族的偉大跟這個民族個人的情感壓抑和這個民族的不知變通，他信任公司所給與的工具，大部分的日本計程車司機是公司聘僱的，你可以不用認識路，車上會配屬極盡可能詳細的電子地圖給你，你只要為會社盡責工作就好了。

我明白那樣的極盡可能，其實就是有人早就知道，人力有時而窮的一種挽回而已。

人力有時而窮並不是一種消極的沮喪停止點。反而是一種可以更超越的好消息，太棒了我們還有可以進步的空間那樣的窮究可能。我第一次來日本工作的時候，就告訴自己，別以為日本人都會這樣想。跟臺灣一樣，會這樣想的人是少數。

全世界會這樣想的人都是少數。只是要看哪個國家社會會保護這樣珍貴的想法。日本是，歐洲是，美國是，但是中國不是。所以我不敢去中國接案子。過去的經驗實在不好。但是我現在也不好。來這裡之前一天，大概也是黃昏要變成晚上的時候，我人在大手町下面的霓虹樹道跑步，經過櫥窗看到沾滿榛果的甜點，也許痛苦就像榛果

被磨碎了，我在上面打滾會變成就會變成某種可口的甜點。

但是滾啊滾的滾啊滾。我要滾到去哪裡？其實我不知道，在四十歲的第一天我不知道，今年一整年已經塞滿了工作，可是我卻不知道自己要去哪裡。我這樣好嗎？我不知道。

我只想知道我自己的那一個答案。別人的都不是我的答案。我不向別人要答案。那答案要不就是我不滿意，要不就是我做不到。於是乎我累積了跟自己對話的習慣，從小開始直到今天。直到四十歲。四十歲面對的憂慮與黑夜一般，尋常，但是一來就鋪天蓋地，特別是陰暗無光無星的時刻。

無聲凝成一條暗道。巷弄，橋下，樹蔭，光被隔絕，神在休息，剩下自己。

我在通往明日的暗道中潛行。

我有很多這樣的黑暗時刻。

從念初二的那一年開始，每天我都希望有社工來救我。我不知道我媽怎麼了，為

什麼要一直自殺，每次到了一月我就會想起這件事情，因為媽媽是一月二號生的。我第一次解決這件事情是她在房間家裡自殺，把房間塗滿了血。第二次是她跳樓，我抱著她往後跳。第三次是她吞了兩瓶藥，第四次是她在浴缸割腕。

那時候我十四歲。每一次都是我打電話叫救護車。我想起這些事情的時候就像是在重播一部我看過幾百次的電影一樣。為什麼只剩下我自己呢？如果有別人在就好了。我沒有誇張或是煽情的想要去描寫什麼，我更不需要同情或是理解，那沒有意義，我鉅細彌遺地寫下這些，只想了解我自己，為什麼會變成這樣。是的。我想要瞭解自己。才能真的不迷惑。有好多事情我不懂。

我沒有不愛我爸我媽，我只是沒辦法愛，而不是不愛。

因為我不懂，他們怎麼會這樣？我不懂。如果我懂了才能夠原諒。至今我仍不懂，幸福要如何實現，不惑日僅一日之隔。

但我也有不惑的地方，我很清楚我的人生來的不是要問問題，也不是要解決問題，人生本來就是一個問題，我來，是要來完成這個問題，完成一個問題，我有兩個孩子，我希望他們能好好的，站在平凡卻堅實的生活裡，找到他們自己，成為我這個

問題的答案之一。人生本來就是一個問題，而其實世界上沒有答案，或者說，有很多的答案。而我們都不會是那個答案。不管如何，我不管累積越來越多的能力也只是完成一個問題而已。

最後的那個問號總是在哪裡。

此刻。

如果我沒有感恩的心，我想，我不能愛這個世界，而我之所以學會感恩，是我從小就沒有爸爸媽媽的照顧，大一大二短暫的光景有爸爸資助過兩學期的學費，還有第一次剛從墾丁回來，我和他們住在一起將近一年的光景。我連剛退伍身無分文都睡在辦公室將近一年的時光都沒有回去請他們幫忙，那年過年我爸拿一張椅子要砸我的頭，我跑了，因為他一直要看《2100全民開講》，當時從文化路住到府前路然後第二次回文化路住的時候我已經有錢租房子了。接著我被廣告公司辭退，回墾丁又回臺北，直到我後來住在象山下面長達十年，中間經歷了自己在臺灣跑來跑去，總是睡在路邊的車子上，相信自己可以創造可能性。

這中間充滿了人們的溫暖情誼，要不是有人幫我，我早就死了。

現在總是比那些時刻好多了。我說此刻。

無聲凝成一條暗道。巷弄，橋下，樹蔭，光被隔絕，神在休息，剩下自己。

我在通往明日的暗道中潛行。

沒有快樂。過了生日。

所以那些搖擺短暫的光明，並沒有被吹滅，路徑再長也終將止息，況且這不是洞穴，可以呼吸，隙縫裡，一片片影拉出了一條隱約的一絲絲光的倒映，通往明日。

而我，依然帶著懷疑和感謝，為了完成問句，繼續潛行。

十三・喝一杯

也許我們應該喝點啤酒，很夏天的晚上適合聊天，或是自己講故事給自己聽。

也不是沒有留路給自己走，只是是一條很難走的路。窄，危險，難行。

我不是笨蛋，也不是大方，也不是蠢，更不是浪費。喔所以我要聽你的照你的方法那要彎腰潛行才行就對呢。請容我罵你一句幹拎老斯滾開。

我就是不甘願。

嘸甘願。

我跟你說一件很難受的事情。

我小時候到現在寫給自己的東西幾乎都一樣。我的想法原始也都沒有改變，這麼多年來我的能力或是技巧多了很多很多，看的東西也變很多了。

可是有些事情永遠都不會改變。

我看到小時候的我，二十歲的我，大學的我，被我爸打的我，被我媽打的我，說出很蠢的夢想被笑的我，我看到我小時候很有夢想的樣子，然後看到他很無助的走來走去，如果他能夠有一點錢或是一個鼓勵或是一個擁抱就好了，可是他沒有，他在巷子裡面一個人走來走去，坐在公園發呆，在水塔上抽菸，我每次遇到他，他都定定看著我，我就覺得好難過好難過，可是我卻幫不了他。

他告訴我，要長大後的我，如果有機會一定要幫助跟我們一樣的人。

我盡量做了但是沒有做得很好。可是我盡力了。我對他說。

我想我永遠都會這麼容易哭，因為我一轉眼，就可以看到他。他問我，我也問他。

為什麼天生條件不好的人就應該要低頭，對著那些巨大的資源或是群體，應該要認命融入。找到一個位置，安靜的坐著，觀看四周學習動作然後跟他們一樣，安安靜靜的，去做應該做的事情。

我不要。

不是不認命，只是就是一種選擇，要跟不要。

我對自己有一種刀割進去的要求。

我真正的想像跟期待是這樣，在每個，請注意是每個，稍微炎熱或是過度炎熱或是非常炎熱的晚間，拎著啤酒或是反正是酒都可以，輕輕經過那些祖先組成的墳堆，越過高高低低的沙丘，木麻黃林投樹交錯，地上刺刺的枝枒樹葉交相錯落，然後看著星空，把酒喝完，有時候在沙灘熱醒，有時候跌跌撞撞的回到房間，沿路擔心有狗或是野狗對我吠叫，或是七八隻作勢要咬我，或是真的咬我，我吼叫跳動的，有時候反擊，有時候奮力奔跑，人真的跑不贏狗，也許應該帶點什麼，餵餵牠們，或是拿肉來哄。這些都是我經歷過，篩選過那些我滿是腦海的痛苦記憶，想要真正

去過的愜意生活。

難免，我會希望有一個家可以遠遠望著它，我連燈的顏色都幻想好了，是那種淡淡甜甜的蜜橘色，我也可以描述我家的立面給你看，其實我不太喜歡清水模，我希望是整面純白色的外牆，上面有盞半圓柱形的壁燈，乳白色的定定浮在從銀色海面一直漲過來的黑色海面上。而其實那不是海，那是一大片的洋蔥田，以前還有種水稻的，後來就改種洋蔥了。

如果我很幸運，我家會有極多的書和一個很美的廚房，也許我能夠在一樓有家小小的店，賣什麼先不管，吃喝都可以，座位不多，算人頭，一個週末就收十個客，書隨便看，毛毯被子枕頭就乾淨的洗著，放在櫃子裡面，是的我會開舒適的空調，他們可以在這個家裡面或是書牆裡面找個地方睡覺，不想這樣，大剌剌和一堆書跟空間一起睡，會覺得不安的，樓上有準備房間，我會很注重隔音，我知道親密對人的重要，有人需要，就算不需要我也會提供，這才是細節。而我會跟我所愛的人享受那些親密的時刻，我的孩子在他們的房間內熟睡。那些安靜的，對，這就是一向被許多人棄之如敝屣的細節，然而這才是真正的勝負所在。我一直相信著，相信這種不存在的生活，相信那些不會存在的人，相信這世界有很多本來不存在的東西，經過努力他們會真的存在，而那些人，會出現在我面前。

可是這種意念並不被重視，也沒有能力去架構這些，事實是這樣，我描述的那些我最喜歡的生活的經驗，當時的我經過那些墳墓的時候其實失望透頂，連怕也不怕的直直往海裡走去，什麼星光海灘波浪都是幻影，我一滴酒也沒喝，因為我一毛錢也沒有。

我的家的方向是一片殘破的風景。失修的老屋在風景中顯得和諧而恰當。那蒼茫的天空都是灰色的。

我大部分的家人念的書的量都少得可憐，而我自己的家除了我下廚以外從來沒有開火過。我已經九個月沒有回過那個家。

想像跟真實對照，真實既殘酷而且少得可憐。

我在那樣的幽谷中，編織著我最想過的生活。每個東西我都極盡美好的可能性的去想它。如果我有什麼。我會怎麼做。

只要能做出一些堪堪美好的東西留在這世上，拉高一些島嶼上的美麗和堅持，就

算被汙辱誤解曲解或是任何的指責，我都接受。

跟那些美好比起來，喔不，那些根本不配跟美好比較。想想也就沒什麼。喝一口啤酒。繼續走。

十四・複製一個寒流記憶

冬天是很適合回憶的季節，比春天還適合，春天比較適合振作發誓上進之類的事情。夏天不太適合回憶，因為腦袋會鈍掉，或是過熱，產生熱當機現象，秋天回憶會特別哀傷，會有點過頭了。冬天最適合回憶。回憶完之後就可以冷靜一下。

我的阿爸是一個不太會去營造家庭生活情趣的人，又或者說，他是一個對於家庭情趣無感的人，他和他的兄弟們相處的時候是很有笑聲的，他在跟他的父母親交談的時候也會談笑，不過對於我跟弟弟而言，他是個恐怖的父親。

我記得最清楚的一次和他出遊的經驗，是他開著他新買的凱迪拉克，載著我們一家人，阿公阿嬤，我弟弟和我媽媽，我們六個人，媽媽坐在前座，阿公和阿嬤在後座輪流抱著弟弟，我則坐在中間，把身體靠在前座駕駛座旁的扶手置物箱上面，看著阿

爸開車。那是我最清楚的父親印象之一，冬天的駕駛座風景望出去經常是一面灰色的屏幕，靜物在遠方的消失點中冒出然後向兩旁流動逸散，母親一直囉哩囉唆的指揮要怎麼前進右轉後退，父親靜默不語。

我一開始像個孩子一樣白目的問他吧吧懶咩氣對？問了五次他沒有回答之後我就不敢再問了。這邊我要離題討論一下我的父親。他是一個開賭場出身的流氓大哥，所以我的奸詐狡獪不守法完全應該就是很多遺傳到他的，千萬不要說什麼別計較出身，我認為人類會進步的原因就是因為有遺傳，遺傳讓我們看見舊版的自己，然後避免重複失敗。但是這個機制有點遜，所以，我雖然不賭博，但是我在人生賭的比我爸還大。所以我並不怪他。我也不太恨他，我只是覺得有點衰。生在一個比戲劇還戲劇化的真實家庭。

我爸賭六合彩大家樂跟黑子仔和麻將，前者讓他兵敗如山倒，後者讓他興家創業養育小孩，我賭的則是事業技能跟感情，我想我爸沒有我這麼會賭。我從來沒贏過。哈哈。因為我連籌碼是什麼都分不清楚。

嚴格說起來說起來他不是一個很糟的父親，而是他沒有意識到所謂的好父親是什麼，反正就是小孩被太太生出來，爸媽幫忙照顧，他有吃飯，會說話，能動能跑，考第一名，就這樣。我說的是我，他是這樣看待我的，對於我弟弟，他甚至不置可否，

在弟弟哭鬧的時候，他把弟弟抱起來放在家門外面，因為太吵了。也許是因為這樣他後來完全不會打弟弟，連一根汗毛都沒碰過，相較於我沒有一根汗毛沒被他打過，我眼角跟人中的疤就是我爸打的，他性子急下手重，所以我們做大人的千萬不要對小孩動手。不要問結果是什麼不重要，因為很可怕，不要問。

除此以外，他應該是個不錯的父親，他心想。除非我學壞了。

他揍我都是因為我學壞了。例如偷他的錢去學校買東西給同學吃，在便利商店偷吃跟偷喝糖果飲料，同學跟我訂漫畫然後我去書局ㄎㄧㄤ來賣，也就是偷，那時候都說ㄎㄧㄤ耶，用法跟現在不太一樣。也因此我小學畢業沒領到畢業證書，還是我媽媽去書局結了帳拿收據給老師，老師才把畢業證書給我。

我打架去關少年看守所都不算學壞，這是他的標準。

那次出遊就是我國小快畢業那兩年的冬天，我忘記是五年級還是六年級了，那時候的我剛開始學會思考，只是也沒想過此情可待成追憶，總是那是一個很奧妙的出遊。

在寒流超級冷冽的時候，把全家人帶去海風呼呼的北海岸，就像是藍色蜘蛛網

裡面那種拍攝棄屍的路邊，前後都沒有人，連來車都很少的一個海岸邊，父親下車，和他的父親我的阿公各自點起他們心愛的香菸，阿公抽的是黃長壽，阿爸抽的是萬寶路，紅色的，然後我和弟弟很給面子的往海邊跑，我媽照例追過來，阿嬤下車找廁所，但是沒有廁所，我們被叫喚回來。

我記得那時候我和弟弟穿著很蠢的藍色旗袍，很像是呂方演的殭屍片裡面的大寶小寶鬼魂那樣的外觀顏色，我們就這樣跑來跑去，我們跑回車上的時候爸爸和爸爸的爸爸已經抽完香菸，我們往前開了一點有個很大的停車場，旁邊有個水泥小房子公廁，阿嬤去上了廁所，並且梳整齊剛剛她被海風吹亂的頭髮，然後我們就往回家的路上走。

喔，對了，我們在剛剛下車的地方有拍了一些照片。

然後我們就回家了，現在想起來其實滿合理的，我們買了新車，都會找人開車出去晃晃。只是我爸是個男子漢，他選在寒流那天做這件事情，也許他不好意思找兄弟們在這麼冷的天氣出遊，就順便找了我們。

讓我擁有了一生都不會忘記的回憶，覺得感謝。

十五・鷹與鷹

十月過境恆春半島的灰面鵟的翅，中空的骨上細緻微密的羽，把氣流脈絡分開，所以那山裡的天和海上的天總連不起來。同樣是鷹，南投的鷹是什麼？日本的鷹是什麼？我去了南投水里。見到了小時候在奔跑的妳，人家都叫你什麼，阿瑞玉，或是我一直想起阿婆叫你的聲音，我一直想要複習類似的聲音，但我不知道除了記憶還能有什麼依據。

南投和日本都有櫻花。但是他們完全不同。我在皇居旁看到那些櫻花和墳塚。還有樹上棲息的烏鴉，我總想到妳，媽，妳好嗎？

想起妳對我說的話，我知道的故事，我總是在日本想起妳未明的血脈，我看到那些白髮的老先生，都想像那是妳有可能的父親。而同時響起的，卻是那些攻擊妳

的話語。

但是其實我很清楚，除了流利的臺語還有莫名其妙的土性以外，我和阿爸這邊的人一點都不相似。我知道自己很像妳。

我很像妳。可能是因為我們都是摩羯座的吧（笑）。也如同阿爸說的都是出那張嘴。

但是阿爸不懂的是這輩子我們都在追逐我們的話語，追著追著，如貓揮掌撲求卻永遠撲不到的蝶。

好不容易抓住了，殘破不堪。熟練了，捨不得的放開了。眾人喜悅的做成僵硬的屍體展示起來。妳這一生的話語，都是如此。

他們享受妳的美好，然後在背後詛咒，助妳煉巫熬覡。媽，我一生都在做一樣的事情。

弟和我都是巫子。有一天我們也要被燒死。縱然他們根本就沒有讀過中古世紀歐

洲獵巫的故事。但是他們總認為自己是對的。

我們的人生就是一場公路電影。亡命而滄桑。

他們看我們的眼神也就如此。可惜我知道。你們都沒有錯。錯已經留在弟和我身上。連改都不能改。

我和弟弟就是錯。

有一天我們會被焚燒吧？我問過妳。但是妳一直沒有回答我，直到現在。

是妳自己踢落我下懸崖的嗎？還是我自己跌落的？是我該那麼早學飛嗎？我不太有印象。我墜下的時候，常想起妳房間的那場血，時日一久顏色淡了，也就成了千鳥淵的一場櫻。

因為有阿嬤的關係，我小時候認為大人出外賺錢是偉大的，我現在這樣做卻不是這樣被對待，妳果然是騙我的。

我永遠記得那個家具散落街道的場景。我後來在National Geographic的頻道看到學飛失敗落地的雛鷹，總是順利的把景象結合在一起。

我會在心中問，這是真的嗎？

這是真的嗎？

人們恐懼虛假的心理闇面有多麼的巨大啊。這是真的嗎？永遠都有人這樣問。這是真的嗎？她家裡開妓院啊？這是真的嗎？她不知道自己的爸爸是誰？她有日本人血統啊？這是真的嗎？這是真的。但是他們永遠無法眼見自己的虛假。

關你屁事啊幹。我不知道妳會不會這樣回答。我會。不過我想妳也會。

我在墜落之後沒有死去。我甚至還沒有羽毛的時候，就這麼慢慢的一次又一次拖著未成熟的身體，爬到懸崖上往下跳，沒人推落我。是我自己跳的。

後來我是飛了起來。靠的不是翅膀，而粉身碎骨的我比較輕盈。飛起來的有可能是粉末也可能是魂魄。那也沒什麼。

那時候你們有沒有稍微的想起我們？我想是沒有。大概因為我們是禽亦是獸。能活，就要自己繼續走。可是我沒有這樣推落我的弟弟，我看見他在巢裡安然酣睡。是故意安然酣睡的。不知道是我們什麼時候看過的港片，叫做行運超人，他說，時運高的人，在遇劫難的時候，如果能在家睡覺，那劫難就過去了。

弟和我非常的喜歡無止盡的睡著。能夠不醒來多好。當時很多人叫我們兩個睡魔。其實我們在冬眠。我們兩個回答那樣叫我們的人笑了起來。

睡著了，就可以假裝沒有什麼事情，假裝肚子不會餓，假裝我們還住在那個溫暖的屋簷下，假裝我們是有人愛的小孩，假裝我們有家。

可惜人的睡眠時間很短。眼睛閉起來也不一定是睡覺。只是假裝。

我們兄弟倆後來信了主，赫然發現，假裝就是說謊。赫然發現，說謊就是罪惡。誰能來原諒我們的問題就不再被提起。因為我們自己也不會原諒自己。

找到不是答案的問題，問題本身也就是不完整的答案。只是一種前後的排列組合

而已。

媽，妳的心現在在哪裡盤旋呢？

我讀著《亭午之鷹》，知道這一切騰空盤旋，而我在地上則永遠不會飛去。

後來我被迫給予分離的學習，讓妳的孫子，跟我們相同，這都不是我想要的，媽，人生卻一直在發生。

想到這我就恨你們，但也憐憫你們。

媽，妳讓我沒有支持跟背景，也讓我見識過那些美好的人生風景，我們好像騰空展翅的鷹，也像燦爛繽紛的櫻，一季，或是一生。

都好，到我們為止就好。

十六．跑路

要說到人生最窮其實不是我回恆春跑路那幾年，應該是當兵的時候，提前去服兵役，收入驟減，入伍的時候是聖誕節，新兵訓練中心在宜蘭，那時候沒用到什麼錢，初戀女友來看我一次，但是下部隊之後就可怕了。但窮不是苦。

首先我會一直被師長派去出公差，被處長派去出公差，被各種奇怪的採買業務、各種奇怪的外勤公差纏身，例如清掃眷村之類的，其他的同儕看我說不喜歡出公差似乎以為我是那種我回家都沒念書考一百分派，殊不知是因為我沒錢。

出公差真的很花錢。

我記得連上的其他可以跟我一樣隨便出公差的學長也都一臉豔羨的看著我幹嘛都

可以一直洽公這樣。

媽媽那時候正在一家神祕的孫鵬和狄鶯在三民路開的拉麵店打工，每天累得像狗一樣的媽媽還要避免被爸爸打得像狗，而我在每次如此的時候都要想辦法請假回家。

於是我得想盡辦法出洽公，很多長官也因此覺得我很愛出洽公就派我去做各種詭異工作。買大閘蟹啦，生魚片刀，紅龍飼料等等各種詭異的用品。

但是其實這段之前。有一段我很想好好地描寫但是我從未能真正的嘗試面對它。

我記得很清楚其實。

那是我下了部隊之後第一次放假，我搭著長庚的車到了重慶南路，拜託初戀女友她蹺課從臺北商專騎車到臺北車站拿我的手機給我，幹明明就不會通，其實我只是故意叫她蹺課，我沒有罪惡感，因為我覺得她正在跟我的初中同學約會，現在的人就說是偷吃，那時候好像沒有什麼形容詞，是的，當時我有一支手機，是8110，是我媽在被我爸打之後一怒之下亂花錢買給我的。我自己寫著就不爭氣的笑了，我媽在亂搞界也算是不世出的才女，她要我王俊雄做人不要鶯鶯燕燕，原本我以為她要用因噎廢

食，但是後來我想她有可能是想講臺語，陰陰遮遮，但是我覺得她自己才花花草草吧。拿完後我搭公車忠孝幹線，沿著忠孝東路左轉從松山路走回林口街。由於我沒有什麼先打電話的習慣，我一如往常地穿過加油站對面的巷子，經過買甜甜圈的攤子，彈簧床，三角小公園，林口公園，萬應宮左轉，我內心每次經過這就在叨念為什麼那個原來做清蒸肉圓的老闆不做了，他做得最好吃了。但是他就是突然消失了。

然後我會看到一家海產店它叫做新金波，小時候我竟然覺得它的炒麵很好吃。長大後回去吃我覺得怪怪的，但是臺灣海產店如出一轍的火嗆醬油調味，幾乎相近的風味會令我思想的都不是好不好吃的問題。

我總是想吃那些一起吃麵的親人的臉。我思念那些情誼。但是我可以永遠不再靠近。

因為你們並不知道我怎麼愛你們，或許你們知道我是怎樣的小孩，但是我想你們永遠也不知道。因為沒人問過我。

再走回林口街這段路路上的描寫我會一直刻意迴避家這個詞。

當時沒有阿公阿嬤在的地方對我來說都不算家。

阿爸對我們來說是個可怕的怪獸，我跟弟弟只是不稱職的助手，媽媽則像個被咬傷的馴獸師，喔不，她是或許被當成儲備食物的馴獸師吧。每次寫到他們我都可以想出新梗比喻，我自己也會忍不住笑出來。

這段路走到岔路口就是原本有一家牛肉麵後來變成清蒸肉圓肉圓搬到對面牛肉麵旁邊現在變成一家全家的那個岔路口。

我的心情就沉重起來。

我大學的時候就幾乎不太回來了，新兵訓練也才回來一次，跟弟弟玩了摔角我就回去部隊。家人只知道我剃光頭沒人知道我去當兵，他們連我念哪邊都不知道是我不說的不是他們的問題。

從我下定決心沒有他們我也可以活著開始。我就只記得他們的好了。

想這樣的話我可以獨自生活下去，可是我想念弟弟。

於是我到了家，按了電鈴，我本來就沒有家裡的鑰匙，我的給弟弟了，那應門的也不作聲，就幫我開了門，豈知我走到四樓，這鐵門跟我家的不一樣吧。

我不認識應門的人。我問他，您好，請問原本住在這的人呢。他冷冷地說搬走了，我笨笨的問說知道搬去哪?對方說我不知道。

然後我就在那個我跟弟弟跟阿公玩怪獸來了的遊戲的樓梯間坐了十分鐘回想從小到大在這我所記得發生的一切。冷熱寒暑，暴雨寒流。跟弟弟的玩鬧，摔倒，被媽媽打，站在門口騙債主，跟隔壁年紀相仿的搶停車位，嗆聲，互相借菸來抽，被他發現我偷看他姐內褲。有學妹在我家樓下等我，霹靂小組來封樓搜索，阿公開刀，神明生，阿公生日，阿嬤一直去關瓦斯，阿嬤叫我起床，阿嬤煮飯，阿嬤打弟弟，阿嬤哭。阿嬤看電視，阿公帶我去爬山買菜，阿姑他們來，表弟，表哥，表姐，堂妹出生，弟弟被火燒我抱著他滾，媽媽在家自殺好多次，三姑嫁人了，書被我看完了，叔叔出國了。叔叔回國了，爸爸開槍，媽媽又自殺，都是血，警察來了，我跟叔叔去參加農運。

裝載這這一切的容器都沒有了。因為很熱。我不知道當時我到底想到哪邊時間軸也亂了。

總之我的父親很成功的給了我一切，又將一切拿走。但總是他的，我沒有要跟他計較的意思。

我下樓到樓下，想到我藏起來的小說跟 A 書還在水塔下面不禁擔心了起來。那些我熟悉非常的事物全部消失了。

真的，完全消失了。

當時我已經信主，我默默地禱告。求主幫助我。但是我腦中響起的都是教會的長老替我做的先知預言的禱告說我還要面臨更大的挑戰，家中會更不好的預言已經應驗了。

耶真的有上帝耶，沒人會高興好嗎。我對自己說。

我默默地走出我家的那條林口街。

我沒有哭，那時候，我走到外面，因為手機很貴當時我辦了停話，我走去打公用

電話給我二姑姑。我才問到了爸媽的下落。跟弟弟的下落。

我常在想，要不是這些過去的苦痛如同錘鍊的柱子一樣撐著我的人生。我沒辦法面對後來發生的一切事情。

於是我低頭感謝上帝，誠心的感謝上帝。我總是能夠在各種無助的時候，因著自己獨自面對人生，然後有一面最苦的我最堅固的牆。

一直到我在恆春海邊想要自殺那天我都以為我長大了。

而我自己很清楚，除了想起那個軟嫩的嬰兒，我比較了兩種苦痛，當日失喪的遠遠勝過我在恆春海邊當時只是單純怨恨而已。

這日的苦楚，永遠悍然而無情地站立在我的人生中。為我抵擋一切的不平和苦難。沒什麼能比那時候更擊打我。

永遠。因此我總是可以在每次哀慟的情緒裡面。從那些回憶裡重新爬行，然後再緩緩站立。

我現在很苦，所以我寫了這些，感謝神。

這是上帝給我的功課，所以你叫我怎麼跟你做見證，要你和我一樣，求上帝垂聽你的禱告呢？

我希望主祝福你，不要將他給我的一切臨到你。我祝福你。因為我知道上帝愛你才讓你聽到這個故事。這是真的，不是故事。

十七・阿其

第一次見面是在羅斯福路附近巷子的公寓二樓，所有的人都還沒到，學長也還沒來開門，那時候我抽菸，在樓下抽了第二根菸的時候，阿其騎著摩托車，正在找位置。他騎著一臺黑色的JOG，車牌改得翹翹的。他看著我，我看著他，他直直地朝我走過來：「有菸嗎？」沒有任何的過場跟多餘的演出。

我遞了一根給他，幫他上火。他手也不遮的靠過來，菸頭很快就炙紅，他往後退，很用力地吐了一口煙。頭也不回的回到他的車子旁邊，打開置物箱，拿出一個包包。

第二根菸將盡，我吸了最後一口，用食指彈掉菸頭，把菸蒂揉了揉，放在我的菸灰盒中。

就如同調度恰當的場面一樣，我的視線平移，剛剛切滿巷口兩旁建築物邊線，就出現了匆匆忙忙騎著腳踏車來的學長。

學長是個沉穩的工學院研究生，擔任課輔召集這個工作有三年了，我們是在 BBS 上筆戰認識的，他是孤兒，從小沒有爸媽在天主教育幼院中長大，舉目無親，可以完整形容他的背景。但是他看起來就是個好人家的斯文男孩，乾乾淨淨，但是我知道他的襯衫只有兩件，他天天換洗，每年，遠在加拿大的認養人，會給他寄上新的衣服，還有一年的學費，他把錢捐給育幼院，自己接家教，跟修女討論過後，和螢橋國中的訓育組長合作，成立了這個課輔班。我們在 BBS 上戰的就是改邪歸正這件事情。他說我改邪歸正了，我說我哪有邪，愛打架邪個屁，他說那就邪。學長小時候，也非常喜歡打架，他覺得那是不對的，我知道打架是不對的，但是我打不對的人，就比較沒那麼錯了，我知道我價值觀是錯的，但是我總是這樣想，因為我討厭那些善良到不像是真實的人，例如學長，他的名字也讓我討厭，叫做彼恩。

苦痛太過稀鬆平常，筆戰過後，我們很有默契彼此避談自己。不過那種我怎樣你怎樣的交鋒，依然是我們這樣的人的日常生活，不過，通常出現在中輟生嗆老師或是他們彼此之間看不順眼的場合上。

這座苦難的競技場，我和學長已經是過氣的鬥士了。

學長叫住阿其：「阿其，這是新來的老師。」

阿其連頭都沒回：「我知道，幹，看得出來。假好心。」我跟學長都笑了，我們知道自己為什麼笑。那時候的阿其，還不知道。

我跟阿其說：「我是來賺錢的。」課輔班給課輔老師一個小時七十五元的薪水，不過我沒領過，沒有老師領過，都拿去買東西請他們吃了。

課輔的師資結構只有兩種，一種是天使，一種是我這種回頭的。這一屆只有我一個。連我自己，也不喜歡那些和藹溫暖，正氣凜然的天使們。我為什麼一定要讓你救啊？我心裡必定會那樣想著。我想他們也是這樣想吧。那我為什麼要來？因為我覺得，很多人根本不是惡魔，我想請他們不要進來地獄裡。

這是當時我跟學長說的話。一字不差。學長說惡魔不能太多，因為他們會害怕。我說我知道，他們會覺得自己不夠壞，要回去修煉再壞一點這樣，學長邊笑邊點頭，然後很慎重地告訴我，千萬不能說你做過什麼。他們會學。他們會覺得所以現在這樣

也沒關係，以後再改就好了。

我不是很同意，誰知道誰以後會怎樣？我們如果可以在現在為了他們的未來負責，那世界怎麼還會往壞的部分傾朽？你只能告訴他們說，那樣的偏移，沒有什麼好處。選擇交給他們自己比較適當。

不過學長不同意，我也就不打算這樣說了，我同意幫他傳遞，一定要改變，一定要回頭，好才能救自己這樣的想法。這比較普遍吧。我說服自己。

於是我答應來教這班，因為這班讓學長的天使們都不來。連彼恩都頭痛了，我想如果我來幫他，我應該會成功說服他，沒有人壞透了，因為善和惡永遠交纏。壞透了的人只要悔改，就會有人同情他了吧？

這就是這座競技場永遠不止的原因。

我遇見的人們會說，他要變好了吧？他有悔改了吧？他會進步吧？更沉迷的會加上一定。沒救的就會說有一天。然後鮮血淋漓，終將可見。

我見過這樣的人，他就是我爸。不過這句話我都沒有跟我學長說過，因為跟他比起來，我輸了，我還有爸爸，他沒有。那座黑暗的深淵有多深？我不知道。因為永遠都更可憐的人。日復一日，年復一年。

很多修女神父牧師都在和我們鼓勵吃飯的時候告訴我。

「你不可為惡所勝，反要以善勝惡。」

我相信。我想，我雖然惡，在那墜落的比較級，我變善了。

我站在講臺上，臺下沒半個人看著我，刻意的拉高聲音聊天，只有阿其半低著頭，像獸那樣望來，應該是準備笑。

然後，我拿菸出來抽。

很有效，大家都閉嘴了。阿其也很訝異的整個抬起頭來。

大家靜靜的看著我，我靜靜的抽完一根菸，這是我從臺灣怪譚學來的招數，看來

阿發的神來一筆對小朋友也是有效的。等我抽完，這班學生都沒說話。

然後我走過去把教室的門打開：「誰想抽菸就出去抽，只有我可以在這裡抽，不過我不會再抽了，在教室抽菸是不對的。可是抽菸，沒有不對。」

我看到學長在教室門口看著我，我和他對看，他的眼神我瞭。我回到白板面前。

「各位，來這邊，不是你們的錯，但是回不去學校，或覺得自己不用回去學校，就是你們的錯了。」

阿其說：「哪裡錯了？」很凶狠的聲音。

「你出去。」我沒回答他的問題。

阿其立刻站起來走出去，我看有四個男生也跟著站起來。四個女生也抓了包包，看來阿其是大家的領袖。

「你們不可以，你們幾個俗辣。人家站起來才站起來，不可以出去。其他反應很

慢的都是跟班都不行，只有真正的老大才可以出去。」

「你快出去啊。看什麼。你是老大，想怎樣就怎樣。」我對阿其說。他瞪我。

「大家一起說，阿其！掰！」有兩個坐前排的小個子想了。兩人反應很快。不過他不敢說話。連笑意都不敢露出來。

有三個人，他們沒有反應，學長說過，他們是智商比較不足，很乖巧。這班，大概就是這些人了。

「你快走啊。」我準備把門關上趕他。

門就著他的臉，半掩著。阿其就站著。因為學長在門口。

天使可以放棄，我們不行。

「學長，我可以跳著說嗎？」學長笑了。我跟他招招手，他帶著阿其進來，兩個人在教室後面坐下。

我小時候看過一本漫畫叫做《魔力小馬》，後來出原版翻譯，主角叫做蒼月潮，漫畫叫做《潮與虎》，臺灣應該有新版的再版。

在日本北方有一種妖怪叫做鐮鼬，他們三人一組，一個負責絆倒人類，一個負責割傷人類，一個則負責療傷。

我的鐮刀向來黑得發亮，學長的膏藥則清涼有效。

上帝的安排則負責絆倒我們所有人。

「各位，剛剛那樣子的場景就叫做社會。不過我看各位比較想要加入黑社會。」

我知道阿其也聽得到，我刻意放大了音量。

「在社會中，我是一個被賦予權力的人，你們不能影響我要怎麼施行我的權力，除非你們讓我覺得，我應該要尊重你們，聽取你們的意見，而我必須覺得你們是善意，也就是我要認為你們要跟我談，你們必須推出一個代表，他統合你們的意見，然後和

我約定，如果你們表達出惡意，想要直接與權力者對抗，那這個社會就崩解了。也就是散掉的意思。」

「用你們懂的話說好了，這個教室也是一個角頭，我是角頭的管區警察，假設我是一個很公正的警察，我希望你們不要違法，但是合法的生意你們可以做，你們必須派出一個老大來跟我談，這樣。瞭不瞭？」

大家都傻傻的看著我。

「誰要跟我談？」

大家繼續傻傻的看著我。我則定定看著阿其。

我知道第一堵我贏了。可是我不想讓阿其輸。

晚上，我和牧師學長一起吃飯，談到要買一些新的教材和課本的事情，牧師很反對我買新的比較簡單的教材來教，而且還是國小跟國中一年的教材，言談間我說話不遜。想來還是有點不好意思。

「幹拎老師咧，愛的修復是很細緻而花費時間的，上帝的新約花了兩千又多十三年，你連兩千元都不想花在那邊談愛真的很白痴。」

當然，我不是什麼好基督徒也相當明顯了。我安靜下來，想著該怎麼辦的時候。牧師就說他有事情要先走了。留下我跟學長，學長買了單。

那天就這樣不了了之。

我一直想起阿其的臉，好像在照鏡子。應該是從小被數學老師瘋狂打了一巴掌之後，我就瞭解當我被說你幹嘛生氣，你的臉為什麼那麼臭，你為什麼不笑的時候，我常常跑去照鏡子。

我怎麼了？我為什麼長這樣？我看起來很壞嗎？我長的很醜嗎？我在照鏡子的時候這樣想，於是，我在想，阿其會不會也這樣想。

我騎著車到汀州路的舊貨回收行，二手的冰櫃好像城牆一樣。破落的白色交疊，間雜的不反光的斑駁鋼材，那是黃昏，落日斜斜地從青年公園的方向照過來，我像在

城牆邊等人，我把菸拿出來抽。

出來的人是阿其的老闆，是個女生，我有點嚇到了。她，蓄著短髮，皺著眉，眼睛異常的大，好像魚那樣，應該有甲狀腺的疾病。可是歸納起來她仍然可以使用面貌清秀四個字來形容，當時我直覺她是個T，她拿出菸來抽，並且對我笑了一笑。老實說，我好像就有點放心了。她是阿其打工的地方的老闆，我們的課程也是她幫阿其報名的，我問她阿其去哪裡，她說他去送貨，我說跟車嗎？她說沒有他自己開。當下我的心一陣酸，我想起高中一年級的時候，我去市場送豬肉。有一次師傅他喝了保力達B，叫我幫忙開。那是我第一次學會手排的大卡車。

什麼駕照什麼鬼的。對我們這種底層工作的人來說，似乎也就是一種比不要殺人放火就好的輕罪了。我常在那些昏黃的光照明下的豬肉攤木板上，放下了溫體豬肉，那些地方的冰櫃，跟這裡很像。

大部分的人似乎吃食著什麼，但是卻始終沒有見過那些事情的源頭。

是啊，我們道德觀崩壞了，我們價值觀錯亂了。可是我們不偷不搶不傷害人想要保護自己活下去，為什麼你們都不看看我們的無助呢？

我在想這些的時候，鼻子酸了起來，阿其也剛好回來了。他完全馬上不爽。哈哈跟我一樣。我笑出來了。

「今天不上課，我找你出去繞繞。」

「我不要。」

「蟾蜍會一起去。」

「誰？」

「少監你同舍的。詹余祥。」這時候蟾蜍剛好來了，他的摩托車排氣管超級大聲，就叫他不要騎這臺又騎。

「俊大仔！」阿其又看我，我沒看他，直接走過去，踢了他的好朋友蟾蜍的斜板。對我們不良少年來說，這種改過貼上貼紙裝飾好螺絲的斜板很重要，比命還重要，沒有過命的交情，是不能掉上去一根毛的。不過我跟蟾蜍有過命的交情。

蟾蜍笑得很開心。「哈哈爛車啦。隨便踢。」然後我請阿其給蟾蜍載，我帶他們去林森北路我家自己的地方唱歌。

阿其整個晚上都跟蟾蜍在一起，我一面跟我叔叔們他們聊天，一面去外面接待我阿爸的朋友。我跟蟾蜍說，讓阿其隨便玩他想走就走。不要勉強他。我猜阿其有點不舒服，一切都要看他跟蟾蜍的交情了。蟾蜍跟我保證一切交給他。我背上那條唯一的疤就是跟蟾蜍出去被砍到的。

那時候還沒看過《海賊王》，不然就不會背後中劍了。因為背後中劍是劍士的恥辱。不過我不是劍士。我是智將。

後來蟾蜍跟阿其和我哈拉了一大堆，阿其都沒有說話，但是表情和緩很多，我跟他喝了很多酒。

「我不是你的老師，我也不是你的大哥什麼的，我只是一個有經驗的人，來提供我有的經驗，要就拿去。不要就不要妨礙別人。因為有時候，經驗可以救命，大家出社會既都是拿命在拼，有點經驗比較不用一下子就去拼命。命只有一條不能公家，經

驗大家可以公家用。」

然後我就開始講很多哈拉的話了。

自此那邊中輟生我就搞定。阿其也會對大家笑了。

我也很希望有很長的故事告訴大家，例如阿其悔改了之類的故事。可是他在送貨下貨中，在環河北路被路過超速的小貨卡撞飛。送中興醫院，到院前死亡。

這是我僅僅記得的阿其。這樣願意向上爬但是終結的故事，不止一個。這還算是好的。

你以為你認識了社會全貌嗎？就憑那些記者？新聞？或是你那少得可憐的閱讀量或是閱歷？我沒有答案。你也不需要回答我。因為我只是一個幸運的阿其。

十八・強哥

你是我的，徐自強。

書寫之前，我一直在想自己要寫，動筆還是動手兩個字，動筆的話我根本就沒有拿筆，我是拿手指頭去敲鍵盤的，距離我第一次書寫完成一篇文章的時間，也將近十五年了。那時候我寫作都是寫在稿子上，一字一字，一張一張。

那時候剛好也是徐自強被宣告死刑定讞的日子。

我二月因家中事故和己身健康問題提前退役並且終身免役，而徐自強是四月二十七日被最高法院更五審宣告死刑定讞。當時我在臺北縣政府擔任縣長的助理，我在報紙上看到他的消息。

我心裡想，這應該是共犯之間的決裂造成的。

家庭背景的關係，家裡面對官司警察監獄的場景所在多有，我家裡面親族中的人去坐牢如同好人家之子弟出國留學般頻繁正常，對於這樣的供詞，我原習以為常，不過我家叔叔伯伯很少說自己是冤枉的，在我心中所建構的，他們叫這做敢作敢當。

看到這則新聞的時候，我知道這種擄人勒贖的共同犯一定是死刑的。因為強姦殺人跟強盜殺人，擄人勒贖都是唯一死刑，主犯共犯都是。我沒有念法律有兩個原因，第一個是我不相信司法，第二個是我不想幫跟我爸爸叔叔伯伯們同類型的人打官司，因為我不相信他們。可是一旦當上律師，我就不能不幫我的當事人，所以我盡量避免這樣的事情，也盡力撇清自己的家庭背景。

出了社會之後，我對別人摘指我以流氓子或是就乾脆說我是流氓是非常憤怒的，也很奇怪，他們從來不會當著我的面講，但是他們都在背後講，我也常因此而失去我的工作。我的憤怒來自於我的不能更改，而不是針對我的家人或是親戚。因為我是那些錢跟人養大的。我沒什麼資格說他們很髒。

我也很髒。有時候我也滿像流氓的。有很多思路推演幾乎一樣。

我工作不順，一方面我想我工作不是表現良好有很大的關係，一方面我在想這種嫌惡大概也有部分的原因。

我是帶著忿怒跟冤屈還有誤解走到今天的。不過我很理解，我某部分是邪惡而扭曲的。所以我看到徐自強的新聞，我原以為他和我一樣，鐵定有罪，只是不知道罪致不致死而已，但是我當時並沒有發現，徐自強無罪。

依照我自己多次出入少年法庭的經驗，我屢次進出都一定是跟他人鬥毆或是以暴力威勢脅迫他人然後被交付管訓被判刑之類的，我都有做，只是對方也不遑多讓，我常在法庭上憤怒叫囂不公平，被法官檢察查官或少年隊刑事怒斥多次，不過因為我家庭背景的關係，我倒是沒有被刑求過。

我家裡面有很多警察親戚。

過年過節他們都會跟我爸爸叔叔伯伯們一起歡聚。

是的，歡聚。

也因此，我對善惡的觀念並不清晰，也不如同一般人一樣嫉惡如仇。因為那好像會不尊敬家長。

我寫過一篇惡魔的文章，我知道惡魔們在幹嘛，因為我是惡魔養大的。不論大小，他們總是犯著罪。

也因此，我在想，如果我圍繞魔鬼或是我被魔鬼圍繞，我就是有罪。

我保持著這樣的思想逃脫我成長的環境，不過不太順利。當時我已經信主了，我一直覺得主耶穌的寶血，怎麼可能遮蓋我那麼那麼龐大的罪愆，我心中早就認為徐自強一定有罪，跟我一樣，只是他被發現了，我苟延殘喘到現在都在那鋼索上走著。

一直到我認識了我親愛的妹妹，我臺大的學妹，我們是在PTT的運動版面上相識的，她是當時的版主跟翻譯小天使，我只是一個普通的廢文球迷。我不知道徐自強跟我們之間有什麼關係，對我來說她就是個很單純的少女（大笑），我發誓當時我真的不知道她會變成現在的爆乳俏律師，跟徐自強，我們後來的強哥，眼前的正

義小天使。

我對公道這件事情從來都不覺得有常在人心過。

在世界上我們這樣的人再怎樣也自在不起來。

我經歷了開公司失敗，身無分文，回到我最唾棄的家族親戚圈內生活的時候已經是2008年的事情了。我人在車城鄉，身邊的長輩沒有一個人沒坐過牢，少數沒有的，也在後來陸續的賄選跟各種盜採砂石傷害罪中入獄了。目前還沒去坐牢的只剩下一兩個兩線四三線一左右的高階警官了。

我希望他們能夠平安退休。當我蝸居在車城海口的時候，我常常看到我親愛的學妹在討論她考律師跟司法官的事情，那時候我早就不太記得徐自強了。偶而在報紙上看到他，我覺得他有點不夠乾脆，當時我比較清楚的是蘇建和，他好像無罪了，被撤銷死刑了，因為我是做廣告的，我記得有一個在捷運站的廣告，是蘇建和在搭電梯，或許有很多的時候，我分不清楚，誰是蘇建和，誰是徐自強。

反正人或多或少都帶著冤枉，帶著誤解，帶著錯誤的視角，活著。

不管你是蘇建和還是徐自強，還是我，這都是我們的命，不是嗎？

不是嗎？蘇建和被判無罪又被判死刑又被撤銷又被判無期徒刑又被撤銷又無罪又定讞，連順序都不重要了，就好像我們被別人的眼光看待那樣。他們想怎樣就怎樣。最終的結果是什麼呢？誰關心蘇建和還活著嗎？誰又關心我還活著呢？

我在傷痛中問著自己，舔舐著自己不堪的命運，不知道明天在哪裡的在車城鄉到處有計畫的吃著親戚們煮食好然後我剛好拜訪的三餐，到處不知道自已為什麼要活著，到處都希望能夠繼續活著。我希望蘇建和活著，因為我也是這麼樣的想要活著啊。而徐自強當時有沒有活著我有點忘了。

直到我廣告上的師父，給我機會回到臺北上班，而我的親愛的學妹，剛好進入了一家律師事務所工作，她參與了一個援助計畫，她在臉書上抱怨她要寫著不是工作的狀子寫到三更半夜，而我都會收看到她的抱怨而不是狀子到三更半夜。

我開始理解徐自強，因為蘇建和被釋放。

我因為工作的關係，開始見到了希望，我見到努力的學妹，我常常看到為了他者而哀傷感嘆，我開始去收集這些冤案，這些資訊，我關心廢除死刑，我想要投入，因為我在絕處沒有放棄希望。

我希望能夠給其他在絕處的人，一點希望的聲響。

寫到這，與其說我在寫徐自強，不如說我在寫自己內心某部分的自己，那些被冤枉而無法言說辯解，被扭曲而無法澄清闡明，本來要被公平對待卻被合理的歧視招待。寫到這邊，我一邊悲從中來，一邊喜上眉梢。

我終於知道自己內心缺口所在，我感謝上帝給我這一堂永遠不停的生命功課。也終於理解徐自強彼時仍然身陷囹圄的無奈與悲涼，我一面鼓勵我親愛的學妹要加油努力，一面也感謝我能夠在尚稱自由的條件下，努力從底層掙脫，別人給我們一拳，世界給我們一拳，我們不能放棄，仍然要努力，才能夠拾級而上。

我受的苦算什麼呢？跟徐自強比起來。跟蘇建和比起來，還有我後來知道的陳龍綺，邱和順，鄭性澤，謝志宏，跟他們比起來，我的冤屈算什麼呢？

或許這幾年我過得好些了。相對起來，我就更心疼他們，當徐自強因為速審法的關係可以被釋放的時候，我和我親愛的妹妹又高興又開心不起來，因為，徐自強應該要無罪的。

我在影像中看到他，我發現他的眼珠是很深的那種黑。一種蒼茫而幽暗，好像還沒天亮的那種黑，黎明沒有來的那種黑。

我看著他，想著我親愛的妹妹是每天對這樣的眼神，要注入一些希望，卻又多麼無奈地帶來了一些絕望，就這樣反覆，終於好像有一點點點點亮光。光啊光，究竟自何而來，走往何方？

然後我終於見到了徐自強。

在一個春末夏初的晚上，路邊昏黃的路燈下的燒烤攤，我見到了徐自強。也是託我親愛的妹妹的福。司改會的大家要感謝這位爆乳俏律師。

如果你見過強哥。後來我都這麼稱呼他。他都會叫我雄哥。每次聽到他叫，我就想哭。假設我的生命難處是一堵高牆。那強哥的生命越過的，是一座又一座的連綿大

山，而他，現在仍然在山裡面。我只敢站在入山口探頭探腦而已。我問過他，強哥，你以前在裡面有想什麼嗎？你會跟人家說你是無辜的嗎？強哥搖搖頭，我們點起菸，吸了幾口。我想著，他也想著，司改會的大家也都想著吧。

煙霧中，我看著強哥的眼睛，也許是因為路燈的關係，好像沒有我之前看到的那樣純黑而沒有反光，我覺得他從之前那種黝黑變成了可以反光的水面。

如果你現在望向強哥的眼睛，黑色眼珠極像是兩口深邃的水井，在過去的歲月中，汨出了不知道多少失去溫度的凜冽，我不敢問他有沒有哭過。但是我會如此揣想理解。我希望強哥會哭，當他開始展露情感，那其實是我們的好消息，因為他終於不需要再隱藏。不用再隱藏，那些對你我來說極其簡單的情感。

是啊，人類的情感其實極為簡單。也就是喜怒哀樂而已。

被取走喜樂的強哥在那樣的斗室中生活了多久都是哀，而怒也無從發起，對了自己或是別人都不好。於是他看向空處，把自己的眼掘成兩口井，而他的心也就成了無盡的汪洋。之前，他把蓋子給蓋上了，現在他終於打開，你和我也終於可以看著徐自強的眼睛，去感受他是怎樣的人。

歲月並不會提升人的層次或是質感。

但歲月會磨練靈魂。

裝滿了無窮的失敗跟絕望的歲月，這樣來淩遲輾過，若是能活，絕對絕對會讓沒有死去的靈魂，溫柔而強大。像一盞光。

如果你希望可以面對過自己的冤屈，然後你希望學習一種溫柔的謙卑的站立，有機會你可以望向強哥的眼睛。和他眼睛中的光。

認識徐自強。然後你照鏡子，望向自己的眼睛，像我一樣。在悲傷的時候，會想起自己，會想起強哥，會想起這些苦痛哀傷，不只是我的，也是強哥你的。我感謝你替我受過那麼多。你是徐自強。

十九・一起開槍

證據都消滅了。

那天剛好遇到顧律師，他跟我說，邱和順很難。因為證據都消滅了，我眼淚就掉下來了，老實說，我對自己這種常常猛然就掉淚的戲劇性性格，覺得很解。可是想到邱和順，就覺得無解。

我只能一直哭。

我對自己的個性還有人生一路走來的各式風景要是做個描述，我想我這一生，就是直直地走在一道肩寬的懸崖上，一邊是煉獄，一邊是天堂，而我不可能會有翅膀。但是我的眼睛平視，不敢往左或往右望去，一路步伐忐忑，尚稱堪行。

邱和順的風景卻是垂直的。

他在煉獄那一邊，透過直直穿越的想像，或者他也已經放棄想像了。他沒有想到天堂吧。能夠見到天空就好了，或是吹到一點風就好了。

小時候我聽大人說，古早時代的縣官判案，會把一疊都已經被判死刑的卷宗，放在廷前讓風吹拂，飛得最遠的幾張就先處刑。

滿天飛舞的紙張中，哪一張是邱和順呢？哪一張。我想看得仔細，卻沒有辦法，濕潤的眼球會讓光暈得更開，而我擔心邱和順飛得更遠。

其實我有點排斥寫這種傷心的文章。因為惻隱之心竟然需要某些暗示，那這樣的社會到底是病了。

刪改多次之後我想仍然要從那些無人注視的底層開始說起。一切都不是能力的問題。

三十歲那年我回到屏東恆春。看著我那蒼茫的未來與命運，卻毫無頭緒，當時因為閒來無事，開始去了解各種冤案，從設身處地開始的各種代入，從蘇建和接到徐自強。也許是從小一種莫名的冤屈感使然，想著他們，也想著一部分的我自己。

有關徐自強的事情我記在「你是我的徐自強」這裡面鉅細彌遺地寫了。可是鄭性澤卻離我更近更近。不免我想要提到一些在菜市場設攤的記憶，與在夜市打滾的經驗。對於夜市的清潔費收費標準與菜市場攤位租金還有清運費的繳交我記憶猶新。

我能夠記得所有的細節。

我記得，菜市場的主委他不是賣菜的。他是角頭老大，夜市的清潔公司也從來沒有做過清潔，所有的攤位都要另外請垃圾清運公司來收垃圾，那些清潔費事是交給里長的，而里長根本不在，繳交的那三年，里長去坐牢，補選完他兒子去坐牢，後來是他媳婦當里長。

我跟我的親人高階警官見面的場所都是最高級的酒店。

社會的樣貌跟各個階層的垂直流動真的沒有很大的關係。社會的樣貌就算去針探

採樣出來的真相都會令人心驚赫然。

交朋友是不能選的，如果你必須要在某種社群中獲得友誼。

社會底層的味道向來並不好聞，既燠熱腐臭然而又冰冷腥羶的交雜，經歷殘忍踐踏曝晒與孤荒棄置凍淋的經過好多季節，有一種堅固的嫌惡感。像是一塊你也不願意觸碰的磚，陰森而幽暗。

這是底層。

你從未嗅聞，卻曾經踩踏的一種區域。

不同於徐自強案時對於冤案的陌生，知道鄭性澤案稍晚，當時欣怡告訴我也可以為阿澤寫一封良心的信的時候，我就覺得哀傷並且慌張了，果然這種天生結構性的殘酷，真的如同我想像的無所不在。

因為群體或是家庭而衍生的天生落差，我自小與底層的人們一起生活，所謂的底層跟富有或是貧困無關，底層裡仍然有很多富足的家庭，完整的家庭，但是因為結構

性的問題，他們的工作向來在曖昧的懸崖上擺盪，那些想要奮力脫開，或是有能到掙斷的能力，幾需機緣，幾需神蹟。大部分的人都只能哀哀悠悠的繼續這樣活著。

而人們直指這樣的難處去攻擊。

你就是交了這樣的朋友。
你就是這樣活著。
你活該認識他們。
你不應該跟他們在一起。
你可以選擇不要。
你可以離開。
你不應該過去。
你不能和這樣的人為伍。

這些批評落下如雨，鄭性澤已經一身泥濘也不能稍做解釋。不能的意思有一大部分是他沒有想要解釋了。

因為那些說他應該要判刑，那些刑求他的，那些沒看到卻捏造故事如同親見的

人，那些在經歷了十四年的漫長對抗仍然狠心的寫下殺警獲判無罪的媒體從業人員，一個個都繼續用眼光和語言審判鄭性澤。

夜市人生那天，我記得我自己說了，有沒有可能，我們可以用同理心去思考，這世界上有很多不一樣生活的人，你不能因為他交的朋友，他過的生活，就對他有著歧視的眼光，他只是跟這些人生活著而已，他安靜的從未沒有打擾過別人。甚至不敢打擾過別人。

也許，我是說也許，因為我沒有訪問過他，也許，他真的只是想要去唱歌而已。

我想問的是，那些脫離這種環境的人，你們常去唱歌嗎？

那天晚上。我跟阿澤一起坐在那個包廂裡面。那天早上。我跟強哥一起去郵局提款。而江國慶過世那天。你可以握著我的手，一起開槍。

如果我們可以坦然做到這樣。

感同身受。

是以社會練習成為一個國家，人民練習成為一個人，我們練習成為對方，就捨不得丟擲這樣的言語，在我們其實不認識的人身上。

我們沒有這樣權利。只是這樣而已。說什麼原諒或是溫柔，都是過分的自我期許。不做，只是因為我們沒有而已。

想想，就又開始感到哀傷。

阿澤出來了。邱和順的證據卻都消滅了。顧律師也不知道怎麼辦。而我只能作為社會的一部分。繼續的認真想想。我該怎麼辦。

希望你也是。

二十・成神記

阿公，火來了。

今天早上十點我醒來的時候腦袋都是這句話。阿公，火來了，緊走喔。我滿腦子都是這個聲音，我知道再過一個月就是對年了。你走一年了。阿公，我一點都沒有稍微不想你，只要有行程回海口恆春，看到海邊樹叢中高起突兀至極的靈骨塔，我就想你在那邊，孤單的習慣了所謂的成神的一年。

我實在也不相信死掉之後要習慣什麼。

我們家鄉有部分的一些長輩會用臺語說，對年這樣就是乾淨了。意思是喪家要在這樣的儀式之後才正式可以前往他人家中。或是出社會開始四處走動之類的。我想現

代社會沒人可以這樣遵守。要上班的上班、要上課的上課、要出國的出國、要帶小孩的帶小孩。但是我們都沒有忘記要想你。

阿公，火來了。

小時候我這樣講的時候是你要我去幫拿香菸，我因為頑皮總是點起火，跟你說，阿公火來了。你總是發出嘖嘖的聲音。但是沒有生氣。其實就父親的形象上，我相信我受你的影響是大的。你是一個負責任的父親。所以老來你相當的懊惱和憤怒。因為你有兒子不像個阿爸。而你無能為力。

阿公，沒關係。

兒孫自有兒孫福。你記得我總是這樣勸你吧。雖然我有時候也會覺得很有同感因為你的兒子就是我的阿爸，是很衰沒錯。好險我們有彼此不是嗎？想到我是你的孫子，我就滿懷感謝。去年的二月你神速的離開，好像完玩四色牌那樣的快速布置好桌面又快速地散去那樣。那些紅藍黃綠的將帥相士，車馬兵卒。竟然和那些紙糊的童男童女豪宅名車那樣的若合符節。不管是顏色還是存在的價值都是。

阿公，火來了。

你每次生氣的時候也都是火冒三丈的怒斥任何你覺得不恰當的事情，包括政治思想，因此，我那火爆的個性，跟龜毛的性格，似乎跟你是一個模子印出來的。但是我現在生氣的時候，總會想到你，我沒有出國去，也沒有到中國上班，因為我想留下來。

阿公，我是不是很笨？我記得你總是誇獎我很聰明。跟別人說你的孫子很棒。但是我沒有。我沒有做什麼讓你露臉的事情，我沒有很好的成就讓你說嘴，不過三叔有。我記得有年冬天，三叔在林口街樓上的房間中扛著棉被念書，你跟我說，學你叔叔，不要學你爸爸。我點點頭。但是我沒有學好，我還是比較像爸爸。阿公，對不起。

阿公，我們故鄉的落山風很大，但是聽還在故鄉的叔叔們說，這幾年風都很靜，你大概不習慣那種安靜的夜晚吧。沒有隆隆作響的凜烈風聲，你大概也很難判斷身在何處，你也無從習慣起吧。

阿公，我想你。

你走了快一年，在我心中你卻褪去了病後的姿態，成為那個永遠精壯如牛氣足聲

厚的阿公。想起你，我就可以繼續走下去，因為我的人生，多虧了阿嬤還有你。但是我還是很想你，很想你跟阿嬤。請你盡量的讓阿嬤再陪著我們這些傢伙們幾年，多幾年就好了。大概一百年那樣。

阿公，怎麼辦？

我忍不住向你求問。縱然我的信仰告訴我你不會是神，但是我仍然想要問，像是小時候抬起頭那樣，我看不到你，只能看著天花板，低頭打著字，眼睛迷濛有水，我想你，阿公，我想要一直不要長大，一直有人用日文幫我寫注音符號，一直牽著我的手，我一直以為世界上有阿公阿嬤就可以了，可以不用有爸爸媽媽，讓我不用每天都在想，阿公，我是好人呢，還是壞人呢，我有幫助人嗎，還是我都在利用人，想到最後，我都要擤鼻涕才行。那個無盡的路，的盡頭，到了沒？

阿公，到了沒？

到了沒，過去在高速公路上，我最常問你這個問題，到了沒，到了沒，到哪邊了？我記得從前我們最喜歡停在西螺休息站，從破掉的牆壁中買便當來吃，在你們的言語中，你和阿爸和叔叔們，你們堅信那是全宇宙最好吃的便當，後來我在提案的時候一

直想要提這個腳本，各色的男人在一處牆壁的裂縫中，向一個包著紅花布纏繞著斗笠的女人買便當。

用雲林在來米做成的當初最有名的西螺休息站的便當，一路從阿善師西螺七崁吃到恆春海口，除了路過東港的烏龍國小以外，我有點氣憤在當時著名的臺灣俠士沒有來過屏東或是恆春，長大大概了解就是因為當地我們沒有什麼戲劇文風，那蕭蕭的海風讓故鄉最投入的故事就是林投姐吧，林投姐之所以會當紅，一定是因為臺灣靠海，最容易讓大家想像的關係，阿公，到底海邊的林投樹林裡面有沒有林投姐，到底海口到了沒，阿公，路為什麼那麼長，到了沒？

阿公，看弟弟。

我知道我是你最疼的長孫，但弟弟小時候卻非常愛哭鬧，又愛搗蛋，脾氣又拗又固執，通常只要我說，阿公看弟弟，弟弟就會受罰，不管是罰跪或是罰站。但是因為執行者是阿嬤，通常很簡單的就會結束那一段處罰，弟弟從小就是頑皮鬼，不管是洗衣機泡泡大爆炸事件，三太子變關公，或是幫九官鳥洗很多次澡，弟弟是非常單純善良的，看弟弟，他最怕你，也最常黏著你，我們一起爬山回來的時候，你走樓梯的步伐較緩，但弟弟爬樓梯的時候都爬得很快，並且發明全臺北市最難玩的怪獸來了的遊

戲，在你走樓梯的時候，在你前面做著慢動作，然後慢慢的說。怪，獸，來，了。阿公，你就是那個怪獸。

陪你走到最後的並不是我，是弟弟，他打給我的早上我匆匆的趕到，他冷靜的陪你走到最後一程，從頭到尾都沒有像是小時候那樣的一把鼻涕一把眼淚的叫著阿公，直到最後，他都很冷靜的看著你。阿公，在你最後幾年的日子中，你和他最靠近，他最瞭解你，他覺得你是一個很愛鬼叫的老人怪獸，過了一個月之後，他跟我說，他很後悔沒有去叫叫拍拍你，也許。他沒說完，我就打斷他了，我拍拍他，我說這是阿公的體貼，雖然我們不知道到底怎麼了，不過少了一條腿的你，到了你的天上，或許就會像是你說的同樣是我們山西人的薛平貴那樣，吃了一條腿，就長一條新的腿出來。我這樣跟弟弟說過，他揍了我一拳，阿公，看弟弟，他打我。但是我們兩個還是並肩走著，在你去最後一程的路上。

阿公，好了否？

不知道什麼時候開始，我必須等你，然後一直問，好了否？好像是從你心臟病開刀之後吧？我記得你是給臺大醫院的心臟外科權威朱樹勳醫師開的刀。一開開了十七小時，所有的兒子女兒的心也跟著被檢查了一次。好了否？一開始你吹汽球復健。我

那時候讀延平初中，自作聰明的個性已經完全成熟了，所以我常常在旁邊幫你加油，我不知道那種傷口的痛，還有那種心不使力的苦，所以我被你罵。因為我只會一直在旁邊說，阿公你好沒用、阿公你不夠勇敢、阿公你不出力？

我很不體貼。不應該。我根本沒有經歷過那種痛苦，怎麼可以這樣攻擊你，其他的人我不知道。但是我到今天才知道，我絕對不可以這樣對你，我沒有陪著你一起，我只是恐懼你的孱弱，那跟我的阿公不太一樣，我刻意忽略，你已經漸漸衰老。常常催促你。常常逼你快一點，要你不要這樣不要那樣，希望你不要煩著你的牽手我的阿嬤，你到底好了否？不要再這樣，阿公，我好兇，忘記你跟小時候的我一樣。需要人照顧。

對不起，我都沒有像我小時候你照顧我那樣照顧你。對不起，我以為自顧不暇是一件多麼好的理由。阿公，你原諒我好否？我好像從小就沒有跟你道歉過。因為你也從來沒有怪過我。除了每天出門打架那幾年，我跟你賭氣，你生爸媽的氣，也不理我跟弟弟了。你跟阿嬤搬去和叔叔們住。我跟弟弟就沒有家了。但是我和弟弟一直跟自己說不要緊。但是我們覺得你和阿嬤不要我們了。你們有想我們嗎？我和弟弟跟媽媽一起在賣東西的時候，都會想，你們會不會想我們。但不要緊，我們會照顧自己的，就算我們沒人要。不要緊。

阿公，不要緊。

後來我們好像變成陌生人那樣。再也不親近。不要緊，我對自己說，沒有阿公和阿嬤我也可以活著，因為我長大了。我忘記弟弟那時候還小，所以我就任性的自以為自己長大了，我開始打工，我和弟弟開始和爸媽相處，但是爸爸媽媽好可怕啊，阿公，好可怕啊，我其實怕得要死，但是我不敢講，也不知道要怎麼打電話去跟你講，我從國中開始，從來就沒有跟你向你撒嬌，小時候我非常會啊！高中的時候，好多次被打得鼻青臉腫，頭破血流，好希望你和阿嬤都在啊，但是沒有，你們不在。

不要緊，我可以自己想辦法活下去。但是弟弟呢？我根本就沒辦法幫助他。於是我盡量錯開跟爸媽相處的時間，我不想回家，我討厭爸爸媽媽，但是我得住在他們的房子裡面，我和弟弟得幫忙媽媽賣東西。阿公，你知道嗎？我們好想你，好希望你能來救我們，你和阿嬤可以來救我們嗎？好像不行。不要緊，我們會自己想辦法的。在媽媽時而清醒時而半夜三點叫我和弟弟起來吃晚飯的那樣的生活中。我和弟弟漸漸找到活著的方式。那就是一直告訴自己，不要緊。

一直說著不要緊，就好像真的會變成真的不要緊了，其實，我們還是那個需要阿

公阿嬤照顧的孩子。明明就很可怕，怎麼會不要緊呢？因為接觸毒品而瘋狂的爸爸，被逼一起而無能為力的媽媽，阿公，我和弟弟好需要你和阿嬤。別的堂弟堂妹他們不知道，叔叔姑姑們也不知道，我們的爸媽，好可怕，好可怕。我們好想跟小時候一樣。被你和阿嬤拍著，說，不要緊，不要緊，免驚，免驚。可是你們不在，我們天天都覺得好可怕，到現在想起來，也依然害怕。

阿公，都沒了。

都沒了。我從大學休學，剃光頭，去當兵，想要快點出社會澈底離開可怕的爸爸媽媽和這個家，但是第一次放假，想回家，家就都沒了。連告別的機會的都沒有，家完全的消失，雖然那是個原來就只有殼的家，但是連殼都沒有，我連假裝你們有可能會回來的地方都沒了。你種的九重葛沒了，水塔下面的祕密基地沒了，那個屋頂上的小菜圃沒了，都沒了。一個家這樣的消失的經驗，讓我覺得這世界怎樣的事情都不會太誇張。阿公，那時候我已經相信上帝，也從那時候開始，我其實就已經憎恨上帝，為什麼他要讓我生在這個家。

是我自己不願意跟你們求助的。被媽媽教育的關係，她一直告訴我和弟弟，你和阿嬤不要我們了，因為你瞧不起我的爸爸媽媽，讓我和弟弟也必須要覺得那樣很丟

臉，我雖然不同意，但是也很擔心去求助被拒絕，那更丟臉，更可怕。

我和弟弟不喜歡跟人求助的古怪脾氣和個性，或許是因為這樣的環境造成的。可是我們不學無術，搞不清楚這些個性造成環境還是環境造成個性的因果關係。不過，我很清楚，這樣的個性絕對是被爸爸媽媽所形成的那種奇特的家庭氛圍造成的。

任何依靠都沒了，我們也只能這樣，阿公，我知道你那時候也不開心，畢竟一切都在衰落中，過去的風光都沒了，過去的神采都沒了，我們祖孫彼此依存的我的父親與長子形象的崩壞，讓一切，都沒了。當我看到你躺在沙發上一動也不動的樣子，我叫你阿公，你虛弱地回答著我，我想，真的完蛋了，連我的阿公都這樣，是不是什麼希望，都沒了？從基隆回來臺北的那個晚上，我流了一個晚上的眼淚。

阿公，我逃了。

開始出社會工作，我是不太受歡迎的人，我知道自己為什麼會變成這樣，可是沒辦法阻止自己的放縱，我很想也很能夠要讓大家開心，可以講個不錯的笑話，但是只要接觸到很多內心的層面，我要不就是不適宜的過量表達，要不就是刻意的完全不說，對於所有的承諾都看得很重，而我沒辦法完成很多承諾，在這些無法達成的承諾

上，傷害自己和別人都很深。阿公，那時候我是完全不哭的，我的心剛硬非常，不知道自己在幹嘛，疼愛我的長輩都覺得我是個長刺的人，當然我否認，也甩頭不理會他們，一直逃一直逃，逃到你給我的故鄉。

恆春半島的車城鄉海口村。

受不了自己，可是不願意放棄。這是我第一次跑回故鄉。到恆春之後，在一個外地人開設的咖啡店打工。墾丁很漂亮，但是其實是個吃掉夢想的街道。我看到太多人的來來去去，太多人懷中抱著自己的夢想在這裡眼看自己的夢想死去，有些人在沙灘上大吼大叫、埋掉夢想，回去自己的來處，有些人在低矮不平的海邊小屋中結束自己的生命。吶喊不只春天才有，那裡的春天恆常，總有無盡的呼喊，穿過灰面鷲飛翔的天空。奇特的是，我好像是在那邊才開始了解你的兒子跟我的阿爸的勇氣。特別是這個我憎惡非常的爸爸。但那是另外一件事。

我被廣告公司的長輩找回臺北之後，好像想通什麼事情的開始認真工作，在工作上好像開竅了的一直工作一直工作，然後我終於可以包幾包很大包的紅包給你，我好像成功了，也跟人家一樣結婚生子。三場喜宴你只來了一場，我現在特別記得你在喜宴中迷茫的眼神。那時候我有一股很強烈的哀傷，你好像不開心，還是你忘記怎麼開

心了呢？但是我也不知道，能夠向誰說我這種感覺。喜宴過後的那幾年你衰老得很厲害，我只能接受你衰老的事實，雖然你認不出我的兒子，也不太記得他的名字，但是總算有讓你成為阿祖，好像對你有了交代。

阿公，多虧你。

就這樣我不那麼在意你的存在，好像從你的呵護中，長大到可以放心的離開。可是，我又希望可能讓你更風光，其實那只是我虛榮心作祟的藉口，從日本回來後，我開了一家莫名其妙的設計公司，賠了一大堆錢，失去了一些朋友。第二次，我又逃回故鄉，當時我身無分文。這一次，跟第一次不一樣。多虧了我是你的孫子，我很多親人接觸，也靠著親人的每日順便的三餐活了下來。原本我以為我完蛋了。後來靠著那些無形的線，和我從未想像過的關係，我竟然又活了下來。

我時常聽聞你的名字，和你少年時候的事情，不過因為講述的人基本上都是你的同儕，所以他們說的很多，可是大部分我聽不懂，他們會以為我是你的大兒子，而不是你的孫子，他們會以為我剛退伍，而不是失敗回鄉。他們停留在過去的時光，而你是那個時光的引子。我以為可以逃離什麼，但是我逃進了你和阿嬤所在的故鄉，那也是你們給我的另外一種擁抱，不然，憑什麼我可以對那些風和海，親暱而有熟悉安心

的感覺。我記得小時候，落山風每晚來敲門，所以借居在大伯母他們頂樓的時候，那些風聲讓我覺得很親切。多虧了你，讓我很幸運不是出生在臺北的小孩，而是這個海口的小孩。多虧你。讓我回來這個故鄉。

阿公，我回來了。

回來了之後我才發現，當初為了我，你把自己和阿嬤搬來臺北是個多麼偉大的決定，那個半島，到這個盆地，在地圖上如此接近。我經常偷開到每小時時速180公里也要四個小時才能夠到達的距離，其實很遠的，那是這個土地上的人可以移動的最遠距離了吧，中間還要經過沒有高速公路的蜿蜒海岸臺26線，所謂屏鵝公路，你們來的那個時代，比我更扯吧，當時還沒有如此便捷的運輸方式，然而你們還是來了。到了陌生的城市，聽聞好像很有錢賺的說法，為了一個孫子，離開故鄉的土地，如此便待了下來。

我離開半島回來臺北，就是這幾年的事情，回來臺北的過程也很有趣，好多年未曾淹過水的故鄉，因為我回去參與播種，可怕的八八水災造成收成驟減，長輩們含蓄靦腆的跟我說我可能不適合種田，不信邪又一次參與播種，隔年竟然破天荒連續水災，我笑了也認了，回到臺北，從我十年前應徵的職務重新開始。我有了新的體悟。

很有趣的是，我回去臺北，才是真正的回來你身邊。

當時已經截肢的你，好像是老人的失憶，不過究竟是家道中落的失意，年老體衰的失憶，還是帶著黑色嘲諷的詩意，都可以，總之你失去抱持經常能夠正常表達的能力。偶而清醒，偶而處在一個異常斷裂的時空裡。不過我和弟弟熱愛漫畫和遊戲，相當能接受不同的世界觀。你所建立的世界觀，我們兄弟可以接受。

我和弟弟相信，你是單腳的職業忍者，因為你可以瞬間從客廳爬到浴室，無聲無息。你的職業又好像是僧侶，因為你能吟誦奇怪的咒文，日夜不停，而且可以近身攻擊，中者無傷無血卻陷入暈眩。你的領域就是客廳椅子和床鋪還有地板，永遠只有兩個關卡，家以及醫院，你有一隻召喚獸。偶而的彩蛋關卡是四色牌遊戲，這樣看待你，我們才能夠了解一切的傷心跟苦痛，只是因為角度而已。

如今你成了神祇，在設定中，你想要怎樣都可以，帶著笑也很合理，但是我們希望你不是一個公平的 NPC，你可以偷偷的讓我跟弟弟用外掛程式，跑一場就好，讓我們再看一次，那個健壯黝黑高大的你。不管你在怎樣的世界中，我們只是想要放心。看你自由的來去。

阿公，自由了

這一年，大家都過得很辛苦。想你在我心中被折騰了一年，你也很辛苦，你一下子要去阿嬤的夢裡，一下子要去大姑姑的回憶，一下子要出現在二姑姑的恍神片刻，一下子又要去三姑姑的假寐時分，不曉得你的感覺是什麼，這條忽來去，你還習慣否？你走後的那幾個月，我就想要寫一寫我們的祖孫緣分，跟你對我的疼愛，但是我寫來寫去，也不知道是在寫什麼，就只是大哭或小哭這樣。

天分有限的感覺真的很痛苦。這篇文章，也不是我想寫的那種。不過，我應該把你從我的心打開，總是你來來去去比較自在。至於你帥氣的一生，我會好好另外把它寫出來，就這樣，我不說再見。哈哈其實我如果真的再見到你我會嚇到大叫吧！你在天上遇到那些認識我的靈魂，幫我跟他們打招呼，你知道這是我生者的幻想，就像我永遠期待看到那些不同作者的英雄可以同臺較勁一起保護地球，不同平臺的主角可以同場對抗，你們都離開了這個世間，在另外的時空中，包容我熱愛胡思亂想的本性，相信你們可以一起看著我。我的願望就是讓這個臺灣社會，接受很多胡思亂想的人，並且支持我們，好讓我們可以稍稍有些喘息的空間，並且多些機會告訴這個世界，有關於我們的那些北爛智障的胡思亂想。

因為支持胡思亂想，需要很多很大很穩定的力量，需要一個家，一個國度，一座堡壘。畢竟夢想是美妙好聽的名詞，胡思亂想是總在腦中進行的現在進行式。阿公，我很喜歡一個漫畫中的第四男配角，他叫做木根龍太郎，也有一個阿公，他的阿公從小相信他是天才，以至於他很努力，他想要當一個他阿公心目中的天才，然後他被很多人嘲笑，說他很愛吹牛，阿公，每次看到他的故事，我就會想起你常常說我這個大漢孫很巧的事情，阿公，其實我很笨啊。我也跟龍太郎一樣受到了很多的嘲笑，不過我跟龍太郎都知道那是我們自找的，所以我們都會努力。

因為我也有個像龍太郎那樣的阿公，就算只是在甲子園的準決賽上面投一場比賽，我也會當作最後一搏的那樣用盡全力。比底限還要更超越的，才叫做極限，今年是我第一個沒有阿公的生日。不過能夠有阿公給我這樣的人生，實在有夠神了。我相信阿公你會對說祖先們說，給我留一個位置，我也是祖先了，你們看阮孫俊雄會拜我。阿公，不要說會拜你啦，因為我信基督教，但是要拿香什麼的我一定會配合演出，除此以外，我會永遠記得你。

阿公，你一定會很帥的，也一定可以當個很帥的祖先的。

二十一・不痛的痛苦

夏青儀是我補陳立數學的時候班上的女生。

鵝黃色的制服，很像東京秋天的明治神宮街道的銀杏葉。而她剛好落在我的手心，她是坐在第一排的女生，記筆記很認真上課的那種。

我總是躲在最後幾排，想要提早走消失的那種。因為我上課的時候，在陳立問全班星星是什麼意思的時候，我說了猩猩是猴子的爸爸我還因此被叫起來。

那個內湖的你反應很快要不要認真念書。

她轉頭看我的時候臉上沒有任何笑意。我記得她的臉。我們一起在錢櫃新人受

訓時我一眼就認出來了。我們一直都沒有對話。因為我想她不太喜歡我。我不敢跟她搭腔，三天受訓的時間很快就過了，那白襯衫跟褲子到底是怎樣的尺寸我已經不記得了。當時工作的我只是為了想要活下去。那襯衫有一種倒霉的臭味。

我們分發到同一間分店。是一間現在已經不在了的錢櫃。

晚班結束的時候我在長春路上看到她一個人坐在長春國小外面椅子上。我快步經過希望她沒有發現我剛剛在看她。

王俊雄。

我嚇死了因為我沒有聽過這個聲音唸過我的名字。

我停下來回頭並且回答她。嗯怎麼了。

你很討厭我嗎？

哪有。

可是你都沒有跟我說話。

我以為妳討厭我啊。
你講那個猩猩的笑話給我聽。
可是我不會了，那是突然講的。現在我講不出來。
那算了。

她站起來。拍拍身上的衣服。往吉林路的方向走去。就這樣消失在黑夜裡。

幾天後我爸來砸店，我就離職了，公司對我很好還給我一個月薪水，並且拜託我再也不要去應徵了。

我以為我再也不會見到她。可是我記住了她的名字，我每次經過她的置物櫃的時候都會看那三個字一眼。我以為我再也不會見到她，所以我想記住那件鵝黃色的制服，還有她。但人生很殘忍，我又遇見她。那已經是不只十年後的事情了。大概是三年前貿易展，日本的社長來臺北。

在巴賽隆納。

她進來的時候我就認出她。我拼命地祈禱她不要坐在我旁邊。可是人生最喜歡

惡搞。

她在我旁邊坐下來。

好吧我希望她認不出我來。

你都沒有變。

王俊雄。

啊幹靠北啊被認出來了。幹幹幹幹。人生最奇怪的就是在這邊，我們不知道是誰該覺得害羞。似乎是她結果是我。

我忘記形容她的長相了。

她美得像是一塊會動的白色冰玉。那麼美的人。怎麼會去錢櫃上班。這樣想之後我就能接受在巴賽隆納遇見她了。

她小我兩歲仍然美得不可方物。

夏青儀。好久不見。

好久不見啊。我的青春。後來我的青春有段時間都在吃土。

清晨的市場有一種土味腥味纏綿衍生的霧狀網絡。這種土味分成葉菜類的土味，通常帶著水氣，根莖類塊狀類的土味有一種乾爽的塵土香氣，腥味有肉腥味跟海鮮類的腥味，肉類的腥味有一種淡淡薄薄的油膩，海鮮的腥味比較高調，尖尖刺刺的有點冰涼。

和東京的築地外圍市場相比，臺灣的市場稚嫩又慵懶。沒秩序又一堆規範。可是，我對臺灣的菜市場的記憶有廖雅芬。

廖雅芬的家是豬肉攤。我每天早上四點半都會送豬肉到他們家的攤位上，她很早就會來攤子上替她爸爸分別包裝各種客人訂的肉類。一開始我很懷疑為什麼大家都要跟他們家訂，這個攤位不是這個市場唯一的豬肉攤，這個市場光是跟我們叫肉的攤子就有四家，還不包含跟別人叫肉的另外兩家。

我曾經懷疑大家因為廖雅芬的關係才來訂肉，而我會知道她的名字是因為她會在紅色回簽單上簽上她的名字。但是很奇怪，我們師傅拿到的回簽單上面都是廖。

廖雅芬的爸爸很適合當豬肉攤老闆，其實我也不知道到底為什麼我覺得他很適合，不過他爸爸是那種很好的豬肉攤老闆，不只是會買豆漿跟燒餅油條還有蛋餅請我吃，他常常說他廖雅芬念什麼學校，功課怎樣，但是廖雅芬比我大兩歲，我送豬肉的時候她已經是快升高三，過了一個冬天她就沒出現了，他們這家豬肉攤是我們最後送的一站，通常送到這的夏日清晨天色已經微亮，冬日則仍幽闇只有那盞搖啊搖的小小黃色燭光。

附近有個大型的公車站，通常第一班公車轟隆的引擎聲響起，早餐就被我吃完了，廖雅芬的爸爸說她正在準備考大學，我點點頭，我也很想認真念書考大學，可是跟賺錢比起來考大學有點不重要，我喜歡吃這種早餐，可是我不想討論考大學的事情，我跟廖耶頭家揮揮手說再見，我都這樣叫他，我想回家睡覺，因為我快要被現在這間高中退學了，很想轉到夜校。

我跟廖雅芬連半句話都沒說過。過了一個夏天之後，我回去送豬肉，那家豬肉攤

就不見了。開車的老師傅跟我說廖耶頭家早上過馬路被一臺公車倒車撞到。變成植物人，在某某醫院。我整個早上嘴巴張得大大的。喔不我是從晚上聽到到早上嘴巴都蛤蛤這樣。

老師傅跟我說，你好手好腳的還可以做，不要太難過，認真一點。

我連點頭都忘記了。

後來連那個菜市場都被拆掉。我開車經過的時候都會想起廖耶頭家跟廖雅芬。

也算是青春。

二十二・痛苦兄弟

我們那麼有緣成為兄弟，是不是就是因為其實我們再來世間的時候，棲息在同樣的樹梢或是雲端，是同一縷魂魄呢？

你不知道那天我們在協和工商前面一起洗那兩個很大的蚵仔麵線桶子的時候我在想什麼吧？我總是怨懟著看著你，而你天真的樣子，其實默默的支持我。我也算是看著你長大的。我喜歡跳著講我們的故事而不理會旁人的理解，你記得我退伍後從蘇貞昌縣長辦公室那邊離開，去永和開網咖的事情嗎？是因為你，因為你和爸媽住在一起太久了。我想把你從那種奇怪的田地裡面挖出來。

我怕你整個腐壞了。

你記得嗎?我幫媽媽的麵線攤取名醍醐饌很好笑吧?哈哈。明明就是麵線攤啊。我堅持要用勘亭流體，媽媽剛煮那些麵線的時候真的很誇張很像一坨太白粉麵線球，我們兩個看到那個都快笑死了。我當時候喜歡顧店，但是不喜歡洗桶子，因為協和工商夜校不是都會有很多打扮入時的女生來念嗎?我在那邊洗桶子真的超度爛的很丟臉。但是當時的國中的你只是覺得累和疑惑，我知道，雖然你自己沒有很喜歡念書，可是你不解的事情也很多吧，為什麼人家要考高中了父母都在拜託小孩念書，而你竟然還是跑來小吃店洗桶子，我想跟你說，對不起。

因為沒人跟你說過，對不起，是吧?對不起。對不起啊。雖然不是我害的，可是我總是想跟你說對不起。

不是爸媽不愛你不重視你，是他們沒有能力了。他們連活下去都氣喘吁吁，你沒看到嗎?他們的眼神渙散把靈魂燒成煙霧，朦朦朧朧充溢在那個陰暗無光的房間。那是個鬼氣森森的房子不是嗎?我們四個人也就像鬼。後來有朋友以鬼相稱，我初時憤怒後也竟坦然而受了。

我不要你恨，我也是這樣恨過來的，這樣不好，但是我沒辦法阻止你去做我也做過的事情。

我出生的之前就知道自己是隻鬼了。

我躲在高處窺伺那些往來的人丁，似乎是拿到了某種奇妙的命令，無論是誰給我的權柄，那個從中部遠嫁而來的女人，尚未學會操講臺語的客家女子，但實則留著尋芳日裔的血肉，我吞吃著四處吸來的山風海沫，對於棲息已慣的橫樑仍難忘懷。

我是鬼啊。

而你不是。你是天使。我看過你出生的樣子，在臺北市降生的你，自小在美麗安詳潔白的北部醫院出生。協和婦女醫院，我現在的公司就在附近，每天我幾乎都會經過，到現在都還是知名的婦產科醫院，我和爸爸在醫院外面等著在那邊接你和媽媽。其實小時候，你比較幸福。你圓圓滾滾的可愛，叔叔姑姑都很愛你。你天真又單純，不像我。雖然你剛出生非常愛哭。阿爸把你放在樓梯間，你的哭聲把三樓的鄰居吵醒，然後按了電鈴。那時候我四歲，我記得好清楚好清楚。

跟你說對不起，是因為我捨不得你。

我不是要讓你因為這樣就原諒誰。也沒有什麼好責怪的不是嗎?我是要告訴你,這許多不可逆的過去,給我們相信可逆而成的勇氣不是嗎?雖然看起來魯莽而難以溝通,或是過於激動跟堅持,也或者難以對話。但是總是相信希望跟夢想,到今天都老大不小了,還是一如往常。

我這幾天晚上一直想起你,在上海的你平安嗎?

我記得小時候我們一起睡覺,講著非常無聊的笑話,或是故意在睡夢中使阿嬤說夢話,在臺灣現在這樣的時刻中,唯有在這樣的時刻中,我總是能夠想起你來,有你可以想念,那總讓我心安。

能夠有個感情牽絆很深的弟弟我覺得很幸福,既然你決定不婚,那我的孩子要請你多費心了(笑)。

也許你是我唯一能交代一些事情的對象。對於很多決定反覆想了很多次,也總算是下定決心了,我想起受洗的時候牧師為我禱告,他說不要為世上的事情發熱心,要為神的事情發熱心。

我在想，神到底愛不愛臺灣。

我不知道，我不停的讀著約拿的故事，若這地有義人呢？我不停讀著挪亞的故事，若神定意要重來呢？我仰望天空，無盡的穹蒼星空銀河流轉不變，有時安慰我們，有時令我悚然而驚。

上天真的會有旨意嗎？

我難免也挫折的想了，啊讓他統一也沒關係，我們根本就是在以卵擊石，那種過黑水溝只為忐忑求生的血液魂魄，習慣性的出來說服我們投降吧。那些絮語總是在紅色的細胞中流淌跳躍，逃吧逃吧。窸窸窣窣，在耳邊沙沙作響。好像小時候我們看那個乩童傾身告訴桌頭那樣。

這十多年，離開政治助理的工作之後，我好像也被這樣的血統說服了很多很多。偶爾想起在一些片段，手邊的工作也就將他們淹沒，好像海浪撲上沙灘後那些沙子就好像平整了。

但是時有而來的各種事件總是又在沙灘上踩出好多好多的痕跡。

這次，大浪來了。而沙灘上的足跡已經多到無法掩去。臺灣壞掉了。像是某些部分死去了那樣。

像我們喜歡的東西壞了，或是我們的貓阿吉過世那樣。

不過能哭實在是很不錯的。

如果可以我希望你回來臺灣。但也不要久留。

能夠和你當兄弟真的很不賴，幹你不要再做出那麼白爛的事情啦，好好笑啊，我每次想到你去冷氣機出風口「把風」的時候我都會笑出來。

我們心愛的阿公走了，阿嬤也老了，原本我希望能夠陪她到她安享天年，讓她住個好房子，在海口安心，不過，我想我做好心理準備了，如果可以，我希望你永遠不要回臺灣，我的小孩和他們的媽媽也一起搬去國外，永遠不要回來，我希望你們都平安。因為有能力可以離開的人，他們早就離開，而我想要留下來，陪那些無法離開的人，繼續努力試試看。

我一直都是個很自私的人。我很愛你們，希望你們平安過日子。

因為我不知道真正的公平自由和平什麼時候才會來，而不是過去那種思想壓迫統治暴力欺瞞的平靜假象。

林義雄先生絕食。他不是要我們同情他，他希望我們覺醒，不過我覺得大家一起覺醒的機會真的完全不高了。

千里苦行的時候我有時候會走在他背後，他回頭對我笑。

希望我百年以後我的孩子想起我的時候，我也能夠像他一樣，在他們的心中，那樣的笑。我先去跑步，建國必須強身啊弟弟。（你越來越大了。）

我卻總記得你小時候的樣子。

你剛出生的時候很可愛，我抱著你和阿公一起拍照，在聯合報的舊家，後來我們就搬到林口街了，你整個孩童時期都住在那邊，你學會自己上廁所洗澡玩耍都在那

邊，你知道有一次你走出去，自己一個人走到國父紀念館，阿嬤跟阿公，還有整條巷子的鄰居都瘋狂的找你，你第一次拉肚子的時候我們已經搬去林口街了，你緊張的在廁所大叫，告訴阿嬤說你的屎破掉了！這個笑話幾乎是無敵的。實在太好笑了。每個人都喜歡聽。

家裡的大家真的非常疼愛小時候的你。想起你，我就心疼你少年後的遭遇。

哈哈，不過長大後實在又固執又古怪，還會揍我，實在讓人拿你沒辦法。我知道你很忙，阿爸如果教我幾件事情是對的，那就是他告訴我你是我在世界上除了他們以外唯一的親人。他們立馬用自己的行為來向你我證明。的確如此。

當兵回到家，你外出回來看到我躺在床上，很開心的跑過來叫我，哥，你回來了喔！快起來跟我玩啊！然後你就用棉被蓋住我，要我投降，或者是靜靜的在旁邊看著我入睡後，語氣慌張的把我叫醒，然後再跟我說沒事沒事你快睡，如此反覆數次，而你的結論很好笑。

哥你想睡覺的時候好好欺侮喔。都不會反抗耶。哈哈，為什麼你要這樣。

我永遠記得你叫我快逃的緊張樣子。還幫我收拾衣服。但是你幫我拿的都是短袖啊害我冷得半死。

要照顧自己，要保重。

二十二・痛苦兄弟

二十三・偉能

我想要給你寫一封信，但是卻遲遲沒辦法動筆。因為我一寫就會哭，你知道我是很沒用的人，我很脆弱，也很需要誇獎，你是我認識對我最溫柔的師父，我想說我對一個人的感謝，就是我進廣告圈的第一個師父張偉能。謝謝你讓我進入這個圈子。也教了我很多很多的道理，Jerry 要我走的那星期，你把我找去吃飯，並且塞了幾千塊給我，要我不要放棄，一定要繼續做廣告。我都記得。

是的，師父，從認識你開始你說的每一句話，我都記得。我沒有忘記過。我始終沒有忘記過。請你覺得光榮，因為我就是靠著這些話，一直努力到今天。可是我沒有學到你的好脾氣，我剛聽到哲哲跟我說，我根本不敢去想這件事情，我好害怕，振聲醫院的場景不停地浮現，我好害怕。可是我又生氣。你怎麼可以不告訴我。

你看，我永遠都記得，我做的第一張上 Cue 的稿子，在報紙上的稿子，是生活工場的 SP 稿。那張稿其醜無比，創意超爛超可怕，現在還在我的書桌裡，我三不五時拿出來看，越看越害怕。我就會提醒自己。

昨天晚上我跟哲哲說話之後，我非常想要立刻去見你，那些和你說過的話，談論過的點點滴滴，通通跑出來，讓我不能自己，在路邊痛哭流涕。我不敢去。我不敢去。對不起。

而且我真的真的很生氣，我記得我在西雅圖咖啡問你，我們在榮星花園樹下吃饅頭我也問你，師父你好嗎，身體好嗎？你總是那樣笑著，跟我說很好啊。那時候你已經很瘦很瘦，我覺得怪，但是你不說我也不能怎麼辦。你很可惡，怎麼可以這樣呢？你怎麼可以照顧我然後自己都不照顧呢。你一直跟我說著你母親的身體，你在照顧她，你談論哲哲在上海的狀況。甚至你跟我說著你的情感生活，我還覺得你真是他媽的屌到爆炸啊。可惡，你騙我。

我竟然被你騙了。不知道你正面臨身心極大的考驗。但是我記得發生的細節。

我記得，你一直把饅頭丟給鴿子。然後笑著叮嚀我要照顧身體。說要怎麼養生，

怎樣修養自己的心。教我如何跟川哥相處。盡量順著他，好多天我被川哥罵哭的下午。我那時候都已經三十幾歲了。你還是笑著安慰我，拍拍我的肩膀，要我好好跟著川哥。

川哥有一天跟我說他覺得我像大偉的時候，我打電話給你，我不知道這是褒還是貶，你說他認同我，我不相信，因為他好兇我在他面前都一直立正。你跟我說這就是川哥認同我的證明，因為大偉也這樣說。

我覺得你太寵我了，都騙我。讓我傻傻地相信自己可以做廣告，每此受傷挫敗都會想起你講的話。然後傻傻的把自己的標準訂得很高很高。因為你說，這樣做的話。就算是達不到，也是可以高分落敗。

我到處亂打工的那幾年，分散的，去墾丁賣咖啡也是你勸我回臺北，去買廣東粥你也說不要浪費才華天分，去搞設計產品的公司也被你說這樣不好，去媚登峰，去做房地產，你都一直跟我說，要我不要跟廣告脫節了。

師父，其實我是害怕，我擔心自己根本就不是你講的那樣的人，我怕讓你失望，我怕自己沒有真正好好拿幾個獎，你問我我不敢面對你。所以我每次都岔開話題。

你常提醒我要回到廣告圈去上班。從我一開始被Jerry Fire那天，你跟他說，不然你來帶我就好了，他嚴峻地拒絕了那天開始，我就知道，我欠你好多好多。好多好多。

在我那些到處抱頭鼠竄的日子裡。只有你始終相信我可以寫好文案，做好廣告，想好創意。帶著微笑，拍拍我。我沒錢你就請我吃飯，我難過你就安慰我。連我那個可笑不成功的失敗婚禮。你也到了。哲哲那天也有來。我都記得。

你是把我當成一個孩子在疼的人，我知道。可是你怎麼騙我，你不是說你那麼養生，一切都很好。

你騙我。

我都記得練香功的時候不能吹風，川哥還笑你說那是女生練的，哈哈你們兩個都好好笑，都是我很可愛的師父。

我現在懂了。

所以我也會跟你說，一切都會好好的，但是我不是騙你，我相信，我要學習你的溫柔跟真誠，我也要去買菸斗，可是我沒抽菸很久了，我希望自己可以在跟你聊天的時候，可以不哭，很冷靜的談著一些我最近的經歷。然後請你給我一些指導。

我的書，我希望你幫我寫序。因為我是你的徒弟，你自己說的。要叫你師父。

好多話想要跟你說，我要先想一想，你還記得敘香園後面那攤蔬菜麵嗎？你說做那道麵的人一定很恨這個世界。我聽了快笑死了。你還記得我那時候不會打鏢，一直把鏢射到你的美麗的牆壁上，我記得你說 Louis 會生氣。

有些事情我聽哲哲說你可能想不起來了。沒關係。

我記得，我會說給你聽。有關我們一起的部分，由我來負責記得。沒問題的。

我永遠都會記得。

我的師父張偉能，和他同我說過的話。

你走了，大家同你說再見。但我不想要說。

再見個屁。

我討厭再見這兩個字在根本沒辦法確定可以再見的時候說。

根本就是欺騙啊。

我不能定定的看著你說再見然後盡量不哭

再見。

這句話說來讓人疑惑而空虛。

怎麼可能可以再見呢。我怎麼再見到你，在你走了之後。

這次的離去就是死亡，人類拼命美化解釋也難以明白的幽暗迷霧。我沒辦法在此刻講一些溫馨勵志的話來鼓勵張心哲，因為二月的時候我經歷了一場刻骨銘心的失去

親手養育我幫我寫過好多功課的阿公的過世。請原諒我沒辦法鼓勵張心哲。

我以為此時此刻的悲傷是一生最珍貴的經歷。

這是一堂上帝給學習珍惜的課。

永遠難再。

我想起第一次見到你的時候，你打開電腦給我看了一堆廣告作品。我跟你分享了美樂啤酒的廣告，腳本是男主角和女主角去電影院看愛情文藝電影，男主角一直在打呵欠想睡覺，突然想起自己有買了美樂啤酒放在椅子底下，男主角彎腰下去拿，結果不小心碰倒了啤酒，啤酒瓶滾動的聲音傳來，整個戲院起了小小的騷動。然後是啤酒瓶破掉的聲音。女主角完全不為騷動所擾，安靜的沉醉在劇情中。當啤酒瓶破掉的時候，女主角好像想起什麼，轉頭看了男主角，這時候男主角留下了兩行清淚。女主角甚為滿意地轉頭回去繼續看電影。

然後是某年的啤酒廣告，一個住在深山中的老人他快死掉了。他很想喝一杯啤酒。於是他孝順的孩子，翻山越嶺的買到了一杯啤酒，那個時代沒有什麼瓶裝的容器，

於是，他端著一杯啤酒，又想要趕路又怕打翻啤酒的快步走著，路過的一臺牛車看到他，願意順利搭載他，但試圖穩住身子的他，卻沒辦法抵擋木製牛車的顛簸，眼看啤酒就要灑出來了，孝順的孩子只好啜飲了一口。味道實在太好了，孝順的孩子想多喝一口應該也沒關係，於是又喝了一口。牛車終於來到家門口。孝順的孩子愁眉苦臉起來，因為他忘情的把啤酒給喝完了。

正當他為難之際。來為老人做臨終祝禱的神父，也趕到了，他看了孩子一眼，又看了啤酒的杯子一眼，孩子表示那是老人最愛的啤酒杯，希望神父親手交給父親，神父接過了空空的啤酒杯。打開家門之後，原本躺在大床上臨終的老人，吃力的看著孩子與神父手上的空酒杯，孩子指了指神父，做出無奈的表情。

因為你的關係我被迫學習描述。

也只有你才知道跟相信我對於講述有多麼的笨拙，我的文字有多麼的難以理解。不夠溫暖，太過黑暗悲傷。

我答應你我不會放棄的。如果我有任何的夢想。我都不會放棄，你寫了李奧貝納的話給我。

伸手摘星，不致汙泥。

我記得你說我是個好孩子。然後我就相信了。這個相信讓我在往後那些挫折不盡的日子中我始終告訴我自己，張偉能說我一定可以。因為你讓我相信我可以。我會一直相信下去。如果我不相信，你就會永遠在我心裡面消失了。

因此我始終堅信不移。

最近我看了好多我有些認識或是不認識或是聽你說過的朋友說了你的事情。每個人都在談論你的好。你是那麼的好。我看著你的朋友們談論往事，我知道你會在那些談論和記憶中，微笑含著菸斗，隨手拿起一張紙頭，畫著人，分鏡，故事，加起來，就是你在我們心中的樣子。完全不會消失，你說過你認識的人都很了不起，真的。你的好在這些人身上通通都跑出來了。好到讓我每次看都哭。

大偉之前還在的時候，po了你的照片，我都存起來了。

你對我一個陌生毫無血緣關係的孩子那麼樣的好，只是因為你相信我我想要做

廣告。

我會永遠學起來，並且在別人跟我說我很好的時候，告訴他，這是我的師父張偉能教我的。

有機會我會找張心哲一起出來哭。講一些我覺得你很棒的事情。我不冷靜，沒辦法讓張心哲不哭。但是如果他願意。我可以常常陪他一起，我掉眼淚。

一起想念你。

至於再見，我沒辦法說出口。

因為我不想說再見。

二十四・大偉

那時候，在昏黃的燈光下，我認識你們，那年我十八歲，你看著我的眼睛，問我說你為什麼想要做廣告。我記得很清楚，在座的有山羊鬍子董事長，長頭髮的波爾爸爸，還有瞇眼睛大人物，是我第一次見到你們。但我不知道你們是廣告人，我傻傻的對著你們這群人說，嘿嘿嘿，我想做廣告。我是被另外一個人慫恿的。嘿嘿嘿，他看著我的臉。你也看著我的臉，在座的人物們也看著我的臉。你們為什麼會笑成一團呢？我現在有點懂。

嘿嘿嘿。嘿嘿嘿。

你們都這樣笑。我記得當時只有你對我說話。只是你生命中的一個小朋友。你也很慎重的對他說，如果你想要就要去作。其他人都不說，我不知道他們為什麼不說，

可能他們覺得我是孩子，或是不願意多一人受苦造孽。不過，這行業根本就難以進入。想要根本沒有用啊，而且進去了就出不來了，像塔克拉瑪干一樣。我們高中課本上有說，在回語裡說這是進去就出不來的意思。

其餘的，就要先從虱目魚肚說起。

首先，那時候的虱目魚肚不是像現在這樣無刺迷人的一種生產線產品，它是一種天生出來，就是要來捉弄饕客的，又像是禮物，又像是武器的東西，能夠笑談大啖虱目魚肚的人，對我來說是我第一次對你產生的敬意，跟廣告毫無關係，這個人是條漢子啊！吃一塊就算了，你竟然連續吃了兩盤。真厲害。又叫了第三盤，連廚師都跑出來看是誰這麼會吃。今天只有三塊啊。他交代我。不過你也沒再叫一盤了。我想你應該有聽到。不過你是一個很體貼的人，我有聽到你要跟那個山羊鬍子董事長打賭，說可以再多吃幾塊。你們兩個互嗆，說魚肚沒了只好互放對方一馬。嘿嘿嘿。

虱目魚是臺灣極為常見一種魚類，蛋白質豐富，是一個非常非常非常深入臺灣這塊土地的食物。古早時期，虱目魚非常賤價，因為難以食用，而且牠的飼料極不衛生，雖然好者所在多有，但總是上不了廳堂的一道鄉野料理。我不知道虱目魚在游泳的時候會不會哭。雖然魚掉淚不容易被發現。但是牠的好不被知道，牠一定有偷哭。

虱目魚很好。但仍然極難以順暢食用消化，被理解烹飪，被接受上桌，被當成一種絕世佳餚。直到有人發現牠的價值。不免覺得，虱目魚肚跟廣告創意一樣。跟稿子一樣。跟文案一樣。跟理念一樣。跟廣告人的風骨一樣。一樣極難以順暢食用消化，被理解烹飪，被接受上桌，被當成一種絕世佳餚。但是懂得吃的人。懂得的人，會甘之如飴，且行之泰然自若。

嘿嘿嘿。時日至今，我仍然不會瀟灑的一邊談笑一邊吃虱目魚，何況是像你一樣把刺與無法入口的殘骨堆成一座小山。然後一邊開懷聊天講笑話。

你是這樣的人。很多人都是看著你，然後想要學你。或者是只有你可以學，因為你願意把自己拿出來當樣板。

這需要很大的勇氣。你願意以身作則。你是你，你是一個時代，你是孫大偉。謝謝你。

二十五・街道

我走過安和路遠企附近的巷子的時候，口袋裡有六十七元，沿著黎忠市場的路，我找不到我買得起又想吃的東西。我從敦化南路面試完，我知道我不會錄取。

那個總經理問我說他們公司有沒有我喜歡的作品，我搖搖頭。他問我覺得自己可以做得如何，我說我可以讓他們公司脫胎換骨。滿頭白髮的他令人覺得仙風道骨，可惜仙魔殊途。我當時下定決心要做房地產的企劃文案，因為我已經沒有地方可以去了這個似乎可以賺錢，我毫無根據的想著。卻若有所思的邊掉淚。

那是 2009 年的夏天。剛剛睡夢中我重複了一次這樣的路程。我確定那是我經歷過的場景。

我沿著富陽街一直走。走到臥龍街附近的加油站，我又一直往山裡走。其實我不知道自己要去哪。我只是一直走，走到那個生態公園的入口附近，那時候還沒有整理起來，我穿過那個隧道。

到另一頭才短短的一分鐘。樹們嘩裟嘩裟的晃動鼓譟，綠葉的葉緣擦過另外一片綠葉的葉緣重複一萬次一萬處不同的遠近高低，風呼嚕呼嚕在隧道口翻動氣流。那聲音有點像是豬的鳴叫聲。

我想起小千的爸媽也是這樣穿過一個廊道的。

我當時想像的豬圈裡走來走去的豬的軀體，摩啊蹭的勾嚕勾嚕的說著話。如果我變成豬，我希望我可以給我的兒子吃，或是把我賣掉把錢給他。我變成跟我爸一樣的人了嗎？好希望他跟我一起變成豬賣錢。我覺得這樣想自己的時候自己似乎還有價值。血腥啊屠宰啊什麼的當時也沒有覺得太怵目驚心。人間的一切比殘忍還殘忍一些些。就比羽毛多一點那樣而已。

隧道真的是短到不行。真希望這不是夢境。然後我實在是肚子太餓，當時我是一個臃腫的胖子。不起眼而噁心，我師父說只有對自己不負責的人才會讓自己淪落成這

樣的樣子。我離開隧道的時候，沿路都看著車子裡的自己，覺得噁噁的。

不過我還是在尋找我買得起的吃食。

我想念廣慈博愛院旁邊的麵線。那個樹蔭下正對面有個理髮院，我阿公都在那邊剪頭髮，應該就是福德派出所進來那條巷子。我以前每天要去派出所報到。當時的我真很蠢，還無照騎到附近被抓到過。不過巡佐都沒開我單。因為他們認識我爸。

那碗麵線我買得起，不過他只存在於過去了。

我根本也想不起來那天我吃了什麼。因為我始終也沒有餓死。那段時間我最記得的食物，是工作公司茶水間那難吃到不行的高纖餅乾。我大概吃了六百片吧我想。

急忙地吞嚥十數片的速度然後佐以冰涼的開飲機閃亮閃亮眨著的光芒的過濾帶著氯氣味的水。

如是數日數週數月。彼時房地產什麼文案什麼企劃的圈子連理都不想理我。現在依舊，不過人自有天地得棲。

寫作難免回想。一想就很多過不去的石頭，擺著。沿路。我坐著看。也覺得風景還不錯。站起來我又繼續走。這裡是什麼路？啊對了是南京東路了。我小時候住在十四號公園現址的眷村裡面。那時候的記憶都是金琴西餐廳。食物記憶是總匯三明治。

人生就是活著，走路的時候就想會想到這些吃不吃的事情。

在日本也是。嚴格說起來我喜歡單獨的行動，不論去哪裡，不管做什麼。可是一個人生活久了就會覺得有點無聊。

拜臉書之賜，幾乎從小就開始一個人的生活雖然始於被迫，到今日能夠刷臉書習於日常，然後就變成很多人要協調來協調去問來問去，等來等去，然後遲到失約大家弄得雞飛狗跳。

一個人沒有這種問題。一個人會有問題的地方大概就是被一堆人說喔你怎麼都在自拍。關你屁事。這就跟我一個人去看電影買電票的人問我說你怎麼都一個人來看電影，我就不想去那家看電影了。

人家做什麼沒有跟你說就表示他不想跟你說好嗎？他不是在跟你說的原因就是因為他很明顯不知道在跟你說。不要一直去探問很難嗎？

如果很難的話，那就更不需要問了好嗎？

一個人的問題就是這樣，然後你必須要認識一些很了解你這樣日常，並不是刻意要去強調什麼的，一個人的行動啊，跟什麼自由啊獨自思考啊觀察也完全無關。

其實就是因為各種原因只好一個人。圍繞食與物兩件事上就構築了這種獨自的生活軌跡。

有關居住飲食散步都是因為這樣的原因。這些事情是作為這個專欄的理由的原因是因為這是一個極度私人的思想彙總紀錄而已。大部分會是吃過的東西去過的店。

我沒有要想跟任何人討論或是尋求認同，所以也就不回留言，只是在時光不停流動人也會突然消亡記憶當然也會突然就飄忽幽邈在人間就不見了，在東京港區生活的這些日子不記錄下來的話，至於港區就是因為那是在東京都住在這裡。

是為獨自食物的意義。

二十六．比呂與龍太郎

我跟國見比呂的生日只差了兩天。

如果十六歲的我們相遇了，應該會很有趣吧，漫畫裡比呂跟附近的不良少年相處得不錯。我身邊的最接近比呂的人，是音樂家柯智豪，他是我的高中同學，他國小跟國中好像都是很愛打棒球的，忘記他是不是棒球隊的，我們的高中沒有棒球隊，我倒是在我家水塔下面藏了很多球棒。

幾乎我所有的棒球知識在出社會之前都是來自漫畫，一來我高中離家後住的地方完全沒有電視，直到 2002 我才買了第一臺電視跟遊樂器，然後拼命買小時候沒有辦法買的漫畫跟 DVD，在此之前，我的棒球知識裡面最強的投手都是比呂，當然還有其他的漫畫主角名字，但是因為我跟比呂的生日只差兩天（作者在這個地方設定錯誤

過，但是反正比呂就是一月生的跟我一樣的摩羯座）。

比呂和他的故事在我的生命中占著很重要的分量。我知道我跟比呂很靠近，可是我自己帶入的角色卻比較像是木根龍太郎。

我剛剛還打成木村。可見木根真的沒有主角的命，英雄說木根是個努力的人。漫畫中設定他好色愛借錢說話不算話而且常常不參加練習，還同時參加棒球隊跟足球隊。哈哈跟我真像，我捧著漫畫一直笑著這樣的木根。也是嘲笑自己。

看漫畫的時候，有一種自己其實跟世界並不遙遠的安好可以躲藏。

我怎麼又想起比呂了呢？其實是因為年初的提案。還有那麼多那麼多說不出來的挫折。我只好躲回我的最愛的漫畫裡。

事情是這樣的。

客戶想要到日本去開拓新的事業據點，希望在日本有代言人可以幫他們，我腦中第一個人選就是比呂，不是大谷，不是田村，也不是鈴木，更不是達比修。就是比呂

原因很簡單

1.現在依客戶的屬性，開始規劃保險投資的，是比呂世代。也就是他們青春期都看過比呂。他的知名度是全國知名的。

2.H2拍成過日劇，在男女的調性上可以找到平衡。但是日本對女性有天生的失衡觀感，這點要注意。

3.東京奧運一定會有動漫宣傳，我內心非常相信一定會有比呂。

於是我跟客戶提了建議，買媒體的方式，我在日本操作過的經驗。

國見比呂是最好的最適合的代言人，而且他生日只差我兩天。請相信摩羯座的毅力跟韌性。

提案的結果很遺憾，這是個實驗性質的案子，目前還在推定的計畫中，但是過不了幾個月，東京奧運的宣傳就出來了。

果然有比呂。

我覺得好失望。好喪氣，好討厭自己為什麼在一個無力的位置上作著大夢。這明明就是一個很容易可以協助企業成功出名的關鍵，在金額投入效益比上又非常的有效率，可惜就這樣擦身而過了。

小學館一定會漲價的。如果再找比呂，如果當初我提案的時候，客戶就做了，現在不就又是一波免費的宣傳嗎？

如果有錢的客戶都可以一再的食言，然後在我們這樣的小公司拼了命的用才能時間時光青春經驗去填補那無法填補的巨大資源鴻溝，卻仍然被視為不安定很高無法完成任務的一個團隊，我覺得傷心。

不夠格存活著的是我。我知道。找我們去提案，找我們排時程作計畫打我們槍的資本家，都沒有錯，那些被我牽連在其中的創作者，也沒有錯。錯的是不夠格的我。

比呂的生日只差我兩天。

對伊羽商那場比賽，最後比呂懊惱的說，明明狀況那麼好。可是竟然輸了。

每次面對客戶給我的機會，最後沒辦法成形的時候，我都會想起這場比賽，還有跟我生日差兩天的國見比呂。跟拼命努力最後在準決賽贏了法海大的木根龍太郎。我想起木根在病床上哭泣的鏡頭，木根站在投手丘上哭的鏡頭。

這就是我的天分，我也僅能以此為生。慚愧的作為一個跟創作扯上邊的人。繼續用記住自己跟國見比呂的生日只差兩天的那樣，不好意思只好繼續活著的那樣，繼續努力。

二十七・痛苦編年記

《痛苦編年》的書稿整理完之後，其實因為公司與工作的關係，我對臺灣和自己的失望程度都很大，能夠拿出去跟外國比賽的作品，在臺灣被改成展覽毫無概念美感的展間，開放陳列自家商品的貨架，變成一堆交換酬庸的場面話，能不痛苦嗎？2016年年底，我就睡不著了，我每天都在想出路是什麼，想啊想啊，我從不計較那些不夠好的同事，我心疼的是每天熬夜投入的你們兩個。

你們很乖，每天被我罵，還是一邊忍耐一邊想辦法，等我脾氣變好的時候整間公司都是人了，其實我也不會。這段毫無意義的文字我寫到泣不成聲，唯有我知道這些事多麼珍貴，多麼難得，多麼不容易，無關我，而是你們，你們相信一個沒用的我，即便你們充滿懷疑，問題，但你們也就這麼跟來了，但我終究失敗了。

我看到你們的驚慌，當時我跟當股東的阿兄商量要怎麼做的時候，其實早就超過我的負荷了，不是我想不到或是我能力不足，是我不行了，我不可能在這個領域裡面傑出，這裡比的是血統人脈，比背景關係，我每次都輸了，在電通的時候是，作果真的時候是，這次還是，每一次都有一個致命的錯誤發生，每一次又都是我。悲哀。

為何總是要把心愛的人捲入我的失敗？我想不出來，吃不下睡不著，鎮日像鬼一樣飄來飄去，偶爾轉醒亦復如墜夢中，說話做事毫無根由，見者猶不忍說，因為畢竟你們很愛我。你們不知道該怎麼辦，你們哀傷離去。我無法說明我的傷心，完全沒辦法，我做不到師父說的那些能力，那些我不相信但是好像很有用的能力。

我相信的都崩毀了，然後我又恍若受罪的犯魂來到下個地獄，主題是血親，他的器官切除重症是保險會賠，但保險的錢被我挪用到日本去，是我活該啊，但我兒子不是活該，怎麼辦都問不出來，後來這些醫生的學長兄長們幫我度過，我到底何德何能怎麼還。還來不及回神，女神跟我招手，說，來下一站，光臨愛的地獄

中間有些事你們知道了，我看到你們的照片都會笑出來，工作二十年你們是我最近最親的人，古川先生死在新幹線上，阿姨失連，以前會在臉書自拍給他看，後來帳號消失了，怎麼找都找不到，你們還在，我知道Ｆ父親走的消息，我想起自己寫的

詩：人到中年雨漫徑，空有單衣風不停，似奔實逃向遠丘，無樹無簷路難盡。

在地獄當然沒有做詩的心情，女神有她自己的地獄，這些互相吞咬撕扯貪噬的場景，算贈品，中場的休息，人生真是厲害，我相信的都沒有用，我厭惡的不信的這時候都會來救你，創造人的上帝實在無法測定，接著我又換了下一個地獄，跟自己相處兩個月，沒有別人，這地獄我相當熟悉，是我的主場，在這裡我得治癒。

這個熟悉的寂寞的孤寂地獄，這次是蒼白的，沒有顏色天空海浪熱風夜晚銀河，通通都是白色的人光影，進出病房檢查推出病房檢查掃瞄器的光往來梭巡我聽到高跟鞋的聲音，都會分不清是夢還是在那裡，從日本回來住院的場景重疊，我又在醫院見到黑田的身影，上一次分手也是在這裡。從日本趕來的前女友非常生氣，說我沒有照顧自己。

我搖搖頭。跟她說對不起，師父說人不可以說對不起，因為完全不能犯錯，我點點頭，那我為何要存在呢?她又問我公司怎麼辦，我說找別人投資，他們會替我找一個來自東京的祕書，跟妳一樣是日本人，你們看，我每次都不知道我在說什麼，可是我是想讓她放心，我沒有要離去，離開我的你們，離開這個世界。請放心。

但我也不知道怎麼留下來其實。這幾個月我一直在找，留下來的地方好像找到了但其實我不確定，你們跟兩個小孩還有腦傷專科阿兄是我最近常想到的人，你們聽我說，世界上有很多好人，但他們都很笨，你們要比壞人還聰明，才能保護他們。你們要記得我說得，我不在了，你們還會在。那我就還在了。

醫院好冷清。可是我還是在這裡，寫著自己。

二十八・何日君冉來

又是黃昏那種衰弱疲軟的穿過臥龍街旁樹蔭的最後日光，跟那些客戶等候我的時候，眼中溢發出的光芒一模一樣。

那些客戶一律都是女性，但她們等的是我的雇主胡君冉老先生為他們批的命書。胡君冉老先生是林森北路條通間眾姐妹人人知曉的批命之神。仙風道骨與鬼氣森森，在他身上難明難分，他告訴我，為了穿梭肉體與魂魄之間較方便，他保持離死不遠，卻活著的一種神氣與狀態，活著難一點，死也才容易些。他這麼說。

老先生瞳眸和他的話語一樣隱隱晦晦，可你一旦與他視線相對，他眼神卻清澈明亮，像濁濁人世裡的灼灼微光。

那種光芒，如果要我舉個例子，我會用這個例子，凡是去過那種地方都知道的，就是那個有沒有，那個似乎永遠少了兩盞燈的超小型的破爛租書店，也沒有隔間或是書架，所有的漫畫到處亂堆，切割遮擋出來的那種，蒼白昏昏暗暗陰森魅離的光芒。但那種光芒射到我這種人的眼珠，反射出來的那種白茫茫。

老先生說，要從幽闇深淵看出希望之光。不清澈，但總是光。

老先生的眼睛極為擅長控制這些幽祕的纏黏光線，像是水珠裹住火花模樣的星星，在我自小就孤僻狹隘的天地裡，戳破撕開第一道光，把這些星斗一樣的光，晒進了我的命裡，分攤了我心中缺乏的可仰賴的長輩形象，他對我說的話好像針，字針句線的密密縫補我碎裂的體血骨皮脈髮，那些話語縮小，變成打著赤腳沾著我自己的血在我心中走來走去的小人形，在步伐乾凝後好像捺下拇指那樣的跨在我生命斷痕的兩端，黏住那些裂開的細碎肉縫。好讓我勉強立於人世，傳這幽暗之門。

眼光絲毫散出像星芒的連結，在我的命中隱隱然彎折扭曲記憶的血痕，扭成一把像是天上北斗的勺子，好讓我拿起來往茫茫人海裡面去舀，喝一口，哇，又鹹又苦。這正是人生的真味道。老先生說。

我吃過。

老先生邊說邊打我一巴掌，我嚐到過這種又鹹又苦的味道，人生又鹹又苦這句話，對我來說不是一句話，而是真正的經驗，就是他給我的。就在那個瞬間猛然打我一巴掌當下，我又錯愕又憤怒，他抓住我想要反擊的手，說，你吞下去，然後永遠記得，就是這味道，這就是人生。

又鹹又苦。往後我常聽人提起這就是人生的時候，那個巴掌印就重新浮出來熱辣熱辣，嘴裡的鹹意苦澀絲毫未減。

當時，被他打了一巴掌的我，除了傻眼，其實也信了他這又偏又邪的理由，我看老先生彷若無事的，緩緩的問我要不要幫他做事，就當成他雇用我打工賺錢，我說好，我的工作室每天下午去接他，然後帶他到攤位上，幫他搬桌椅布置。我記得他住的地方，在第二殯儀館附近。那條路像一條蜿蜒像蛇一樣繞在臺北市辛亥隧道旁，門牌上寫著臥龍街某巷，但其實是條連巷子都不是的小徑，不過老先生曾經很慎重的寫給我看，並且告訴我，這死中有活的生氣格局，叫作「錦上花開雙項獨身蛇」，我嘴巴大大的看著他，心想蛇不是本來就是只有一個身子嗎？不就是雙頭蛇？但我不敢講，我怕突然又被打一巴掌。

他繼續說著，像是對我，也像是對著空氣，他說，你若想要明白人生路徑生死死生，每天到我家巷口站著，站久了就會明白生死，老先生家得先從和平東路的方向拐彎進來，往那看起來像要是碰壁的路走到底，接著拐向右邊，進入那個幾乎與肩同寬，兩道極長的水泥牆夾成的小通道，而門牌就遠遠的掛在那個漆成豬肝紅但永遠光線不足，所以紅色都被吃掉如同黑色的規律間隔白紋的木門上，遠看就像黑色盒子畫上白線然後貼上藍色小貼紙，如同我曾見過那些告別式結束後喪家贈送毛巾的灰階表現的包裝盒子，這雖死猶生的意思在我自己的胡亂理解中也就隱然成理。當時我不敢走進去，我只怕他是個吞吃少年的老怪，我只敢遠遠看著，雖死般的等著老人他自己猶如活著一樣的飄出來。

約莫是冬日的五點半過後，夏日的六點半過後，他堅持天黑才點燈，攤子上的燈泡也是。

小門上方的三十燭光鵝黃燈泡亮起，從那暗豬肝紅色木門中，被黃光從小小的黑色剪影人，推前放大推前放大推前放大，成為極瘦極高的將近一米九白髮蒼蒼長袍落落的黑影，把小小弄口整個遮住填滿，老先生，走路時肩膀從來不動，身體沒有明顯起伏，行進過程就像貨物被輸送帶慢慢放大緩緩送至巷口。一律是這樣，我遞過他

的拐杖，他接過去，好像是我過去在快遞行打工那個公司行號的櫃檯，進行簽收，也一律是這樣他扶著我的右肩膀，讓我確定這活色生香的世界，收到了一位胡君冉老先生，他背後的詭譎光影，如同梅杜沙的扭動髮絲所吐信而出的橘紅色絲線，老大人的動作一致，用那個拐杖杖頭，勾住了我一絲又一絲的魂魄，黃昏的辛亥路上，我倆一同顛倒過來活著的一天，於焉展開。

我自己一直相信，到現在為止，這個現在，就是現在。在我死去之前都是無限延伸的時間節點，那就是，其實我是這個世界跟胡君冉老先生之間唯一相連的渠道。

能證明老先生曾經存在的痕跡完全消失。除了我以外。

有時回憶，我想要找人談論這位老先生的過往，認識老先生的人，竟然都已經過世，有心肌梗塞，車禍，癌症蔓延，在浴室跌倒，都在壯年過世。除了我還認識老先生的另外一個人，我堅決認為她一定也認識他，她是當時和我一起在餐廳上班的女廚師，她常常幫我掩護我因為去幫老先生送東西而編纂的各種理由，但是，她卻堅決告訴我沒這個人。

你記錯了！你是在把你幻想的人物真實化了。她說。高聲。

他覺得老先生是我編造出來的理由。女廚師以前在旅行社上班。所以她不被認為是真正的廚師，她煮的東西好好吃，但她不是廚師，然後她就不當了，而且她跟我說絕對沒有胡君冉老先生這個人。

可是老先生跟我說的，我卻一點都沒忘記。

他說過他學的法門，是幫低層市井逃出生天之術，他說，人化觀於世，術不播不傳。後來我當了廣告文案，我不敢當面觀人的命，卻幫襯企業去算計計較人物間的財貨橫流。我分析我的觀察，藏在工作中的透露我的觀點，試圖對這個世界悄悄的散播，那些沒人關心或在意，而老先生提醒我要說清楚，人與物之間隱隱然纏繞著的關係，好替胡君冉老先生的這個法門留下一些痕跡。

我常想著，如果能夠稍微講述清楚，當時的真實狀況，試圖對著一般人好好慢慢仔細說明的方式，我可以這樣仔細敘述我當時工作的情形，根本不需要傳遞我腦中那些詭奇的景象和認知，我當可自然的描述我所眼見的世界。

我穿過那些陰暗的巷弄，到處在各個酒吧 PUB 酒店中穿梭遞件，那是一種牛皮

紙帶加以蠟裝封死的A4大小信封，那個蠟封實在醒目，我當時高中，在晚間黑暗的林森北路騎樓間幫老先生到處送快遞兼收費，老先生本來是我餐廳打工老闆的朋友，我總是在餐廳不太忙或是忙翻了大家只顧喝酒的時候，出來幫忙老先生送送信當場背叛老闆，並且在上班前去做那個逃出生天的接送服務，或是在他沒有辦法看顧他的算命攤位，代班顧攤，老先生總有事情得回湖南處理，或是突然多生事端得上張家界，但是不知是當時的纜車有了故障還是根本就沒有纜車他只是懶得下山，有時候，他會捎來一封信到我上班的餐廳，說要我再多看著攤子兩星期，我馬上答應，我小時候就非常愛賺錢也想賺錢，不過這些錢我要怎麼到手卻也讓我存疑，他要是沒回來怎麼辦？過一日，匯票就寄到了，他交代這攤子的生意線索不能斷絕，關乎那些人的命，他要我保持運送那些牛皮信封。他則隔兩日就不知從何處送到餐廳給我，用一個更淺色的大牛皮紙袋分裝那些A4的蠟封信封。

直到他從張家界回來的隔天傍晚，我照例去接他，他對著我說，這次沒有對著空氣的感覺，你要知道這些小姐的命本就絲綢綿帛，遇水則裂，久浸必腐，那些攤子上傳來的隻字片語都是每匹駱駝上的某根稻草，當然，這些小姐們乃不是駱駝，她們是絲路上的販子。販子呢？就是叫賣東西的。貿有易無的，趁斤論兩的把皮毛血肉給換成金銀財寶的給人端弄吞吃的。小姐們積不得財，蓄不得福，就是這麼轂轆滾輪的把人生給咦呀前進著。想著他們的命，我就難過。老先生這段話我一字不漏的記著。因

為在那天之前他從來不跟我談有關這些客戶的事情。他連她們是女生也不提。但日後有個女歌手叫做吳淑敏，唱了一首歌，叫愛算命的查某人，我聽到完全嚇到，這根本是老先生工作上最適合的說明。

從我開始告知他的客人們他要休息兩個星期或是幾天那時候開始，他就有千交代萬交代我不可以跟客人談話，他說我還不行。

總之這樣的工作，從下午五點開始接送老先生開始，晚上九點到隔天晚上三點陪著擺設桌椅。每天一千元，小費另計。我記得那時候我其他工作一小時時薪是八十元，在民國八十年代初期，是非常優渥的薪水。那兩個星期我跟打工的餐廳請假，然後幫一個家裡開計程車行的同學開他的晚班。本來十二點休息的，改成九點休息，然後我就幫老先生顧著攤子，我左顧右盼的晃蕩著眼珠，四下沾黏那些路過的靈魂，軀殼，衣裝。由於那個時代的大哥大跟水壺差不多，因此也沒有什麼人可以打行動電話來管我，我眼睛黏著了不少川流不息的姐妹們，前來詢問老先生的去向或是問我是誰，我支支吾吾的不說什麼左顧右盼的亂扯，可是從遠處望過去，感覺上也就是個很熱鬧生意很好的算命攤位，久而久之我把老先生的客人都看過一次，琢磨著他說的話，對照著這些流離魄散的人心。

我不知道自己在這件事情上如此的有天分。只是好奇的四處觀望著這些麗人，彼時我並不清楚，觀察就是這相術的開端。

我也不清楚，一旦習慣了這樣去看著人們身上的命運，就會輕賤人性，或是說看透人性所以輕賤命運的這件事情上，我的家庭命運真是令我養著天分的。

越苦的人越愛算命，越算的人命越苦，我想起了我的母親，終於知道，老先生操此為業，卻一直跟我說為什麼命會越算越薄，越賤命的人，越想探索這無邊的疑惑。這片海裡，游來游去的，都是最後會溺死的活。

他沒教我看自己的命。一次都不行。那些日子裡，我每天都在鏡子前端詳，可惜的是，沒一個客戶是男生。我無從學起。但是我一直想起我的母親，我母親的母親，我母親的母親的母親，她們一脈相承，一律父不詳。

一切仍然難以合理的解釋，老先生說，賤事出悟性，劣勢長見識，他說我是低下階層的人，是天生要學這件事情的。

不然我要如何逃出生天。他看著我，我則想著低下階層四個字。沒想過能逃出

生天。

我倒是很認同這個身分，低下階層社會的人。

所以我從來都不怎麼擁有解釋世界的機會，或者說，就算我想要向更上階層的人們，傳遞我所生活的樣貌，好讓他們讓我們一讓，幫我們一幫，留給我們一些活著的路徑，原來，老先生家門口的那條不是路的路，當時，我一點也不在意這個老者所說的話對我來說有何重要，從茫茫人海中，我逆向溯往流轉的光陰河流，從廣闊而涓細，涓細而跌宕，寧寧泊泊，壯闊沛然，書上寫的歲月平滑無波靜好，可真正的人生卻暗潮肆漩，噬人吞魂迅速而悄聲。

記下這一切，並不是我有需要別人理解的緣由，可是不記，這一方我認為真實再不過的世界，必定失喪，破散溶解轟轟而逝。

而那些人語虛飛空構而成的煙霧塵間鎖住了真正的表象，世界終成虛空，像老先生和我這樣願意傳遞喜怒哀樂的真正的人生觀察的人，則完全佚失滅喪。這怎麼行，我學的事情是可以救命的，我的命，是老先生救的。

當時和弟弟相依為命的我，大部分對人生的被動性傷痛是被老先生給修好的。老先生維修了我的人生，仔細的跟我解釋究竟是哪些部分壞掉了。要說修好也不對。老先生其實要我接受，這些苦痛組成了我的人生，痛苦就是人生的一部分。他要我接受那些壞去的部分，並且讓我接受他們並沒有什麼不好。

我必須要學會那種與正視痛苦與之相對而坐的真正經驗，這是老先生教我的。

在那些共同生活的日子中，老先生教我理解命運跟虛無，他說我們這種人，對自己天生的條件不了解，那一定會影響日後的發展，這跟自己的個性有絕對相關。他也跟我說過，我自己選擇當個什麼樣的人，跟我天生的條件如何，絕對無關。有人天生笨，但自覺是天才，有人天生巧，但卻要笨笨的過人生，人習慣自找麻煩並引以為樂。是故，有人條件好，但就不想朝著任何人期待的方向走，有人明著順順走，卻暗地裡背道而馳，有人則不知道自己在幹嘛，但是又好像知道自己在幹嘛的憑著本能跟求生的意志走。我整個父系家族的發展也果真是如此，而我不負這個家族的傳統，我見識著別人的命，印證著自己的。但這時候我尚未出師。

老先生跟我說他決定教我他謀生的法門，他帶著我到了臺北市第一殯儀館，在民權東路跟建國北路口，他說，要跟他學這欺誆鬼神的把戲，要先學會和生死共處。但

是我最在乎的還是他會多算錢給我嗎？我只是這樣想著。

後來，老先生正式教我，是從帶我去榮星花園開始，我很小的時候就跟我媽媽去那邊游泳過，我有一種詭異的熟悉感，當時榮星花園被圍起來，我們兩個人從鐵圍籬的縫隙中爬進榮星花園，他在一顆樟樹腳邊挖出了一個黑色的布袋子，裡頭是油紙包的一塊龍銀。他捏起龍銀，朝地上搓了把土灰，把灰撒在龍銀上，摩挲均勻後，重新包回油紙中遞給我，對我說，從今天起你就是我門中人，我門收徒，不操此業者，領其入門者為尊不為師，長幼以序相稱，他呼嚕呼嚕的說著，我沒有太在意，當時我在想的是如果我學會這個我應該可以在下課之後多賺一些錢，我不知道這種事情對我會產生什麼影響，我當時只想要脫離貧窮無邊的黑暗而已。

他說，你有這天分學把戲，但是這天分會絕你的緣，你將友朋稀少，老來孤獨一生，我聽他這麼說，不太清楚這中間的輕重緩急，我很認真的點了點頭，反正還離老很遠，當時我才二十歲，誰管你老不老。

我們一老一小又從鐵圍籬裡面爬出來，當時大概九點多吧。然後他就拉著我往殯儀館走，這下子我相當害怕，從出世開始，我第一怕老鼠，第二就是怕鬼，為什麼老鼠第一怕呢！因為老鼠常見到。如果比最怕的話，那我怕鬼比怕老鼠多很多很多很

多。但是我再怎麼怕也得跟著他走，我根本不知道他要去哪邊，總之我跟著穿著藍色上衣黑色西裝褲的瘦高老頭走著，走著走著我就看到一間化妝室，我想說老人家器官老化突然要上起廁所也是很正常的，但是我覺得化妝室三個字很古怪，我記得小時候看鬼話連篇的時候有說過殯儀館的化妝室不可以隨便進去，我正要出聲阻止。老先生就消失在凝滯的黑域中了。

我只好硬著頭皮，跟著轉身進入了一個偌大的空間，我忘記當時的光 Tone 和色溫了，可能叫一百個燈光師來打都打不出來的一種冰冷色調，一種淺色的藍浮在身高的高度，往空間室內的高度變成深藍色，往下就開始變成濃灰，接著變成深黑，然後就看不到了，我的視線焦點一直往內縮，縮到只見到老先生的背影，要是電影鏡頭，會變成感覺上很像是在我的主觀視線正在盯著他的屁股，但是其實剛剛在視線縮小的時候，我已經瞥見一大個長方形的塑料材質製作的袋子，反射著室內詭異的光，平放著在髖骨與腰際高度的鐵架上，我知道那是什麼，而且不只一個。我正準備要怕的時候，其中一個沒關好的袋子自己打開了，打開的袋子露出一個圓圓亮亮的球面。我把視線推到那個發亮的 Layer 層上。仔細一看油光沾滿肚腩。肚腩動了。裡面的身體也坐了起來，我忘記要害怕，我再度整個傻掉了。

他轉頭對我說，我們這種人一定要有藏身之所，必須要有藏身之所，因為我們見

光而盲，遇人形浪，心意難馴，要永遠記住，我們的生藏在死裡頭，死藏在生裡頭，當時我自然而然的回他一句周星馳無厘頭，每個月都要理頭之類的，他完全沒有反應，沒有責備，也沒有嘻笑。我很難過，但是我在那種害怕和恐懼如此巨大的壓迫之下能夠講出這麼難笑的梗實在是很莫名的一種事情，也許是這樣日後我每次講出不管多難笑的梗，我就會想到胡伯伯的沒反應，繼而心生歉意趕緊跟大家道歉說我再想新的，但是我卻仍然有不停的講的勇氣。

他沒要我道歉，總是帶著一種理解的包容眼光回看著我，那種包容不帶著可憐或是疼惜，就只是告訴我，我知道，你盡力了那樣。我每次看到他看著我的時候我都會想哭。我需要被理解是真的，到現在，我也只希望被理解而已。這種對於理解兩字的欲求渴望，不僅是自身也是相對於環境，是的，說到環境，那個從袋子裡面坐起來的身體，發出聲音了，我被那個坐起來的身體嚇到嘴張得跟《海賊王》裡面的人物嘴巴一樣，只剩下一絲清明還吊在他的屁股上，因為他轉過身去走向身體，如果透過電影那樣的主觀鏡頭看著，依然，我是靠著老先生的深藍色西裝褲屁股保持清明醒覺著的，我希望我能夠理解現在的狀況，我剛剛講了一個無厘頭的笑話。

這是什麼狀況，現在是怎樣了，我是要跑還是要叫，要崩潰還是要堅強，我總是遇到這種被逼瞬間就需要選擇的線上，一直選一直選一直選一直選就還是一直選的人

生，選錯是地獄，選對也是地獄，我才不相信我跑得比鬼快，兩種地獄的差別在於，一個有出口，一個沒有。

這其中的時光只有幾秒鐘，但是我得花一些時間來整理思緒把我那時候的恐懼好好的記錄下來，一點漏掉都不可以。我一邊急著要找出口跑掉，一邊看著他往坐起來的身體那走過去我掙扎著到底要不要一個人跑，我當時的嘴巴整個就是閉不起來，寫到這邊我超想尿尿的，當時我的尿意大概比現在更加強上一千萬倍，好險這段我是坐在馬桶上寫，可以一邊寫一邊尿，但是當時就沒這麼好了，不過，我記得，小時候常常玩些例如堆沙拚積木太入神，玩到不小心尿在褲子被毒打一頓，為了不被狠揍，我的小心靈就不停告訴小小的我自己說，你可以忍住，可以忍住。當時，我忍住了，沒尿出來也沒叫出來，而且靠著這盯著老先生髖臀部位和脫漆的皮帶褲環，我薄弱的意志力，讓我回過神來，室內那些淡到不行的光線，一絲絲飄起來，往老先生藍色襯衫飄過去，老先生的身體彷彿吸鐵一樣，當時我見不多識不廣，現在依然，不過我覺得那光線飄移流動的方式好像我在國家地理頻道上看到用五百分之一的 Hi Speed 高速鏡頭拍攝的的磁鐵吸附鐵砂流動那樣的細緻有律，緩緩的，慢慢的，但規矩的，韻律感的，往一個固定的方向流動過去，老先生說那就是氣。幹！氣你媽啦，靠北啊，我內心開始鬼叫！回復竹雞仔習氣了，我覺得自己被這老頭給弄了？把我帶來殯儀館看屍體復活是哪招？幹嘛弄我？我對尊長向來是帶著敬意的，但這個外省老歲仔可以跟

我解釋一下啊，不要讓我這樣狀況外，讓我知道狀況！我才這樣想，那個身體或屍體就突然說話了。外省胡仔啊，這甘係汝耶序小，這囝仔浮龍狂氣，奈也找到伊來跟你？日子以來與老先生一口標準文雅的國語對話久了，突然出現講臺語的屍體朋友相當特別，既然會講話應該不是屍體，喔，身體，我老是不想提到屍體是因為那樣就又太刻意想要強調可怕詭譎與怪異。

但坐起來的渾圓身體，那並不是整件事情的重點。我連他的名姓也沒有，我甚至不知道他是不是活人。

重點是我在那個數秒的片刻間想到的都是小時候的片段記憶，回想起來真的很像電影或是各種閱讀記述經驗中那些將死之人所見之事那樣，那些我從來就不應該長記憶的年齡所有發生過的事情都不停的從老先生的屁股部位跑出來，包括小時候的玩沙跟奇怪的潔癖場景，這件事情發生之後，讓我在往後將近二十年的人生中，面對驚嚇的時候總有著莫名的鎮定，或說是裝冷靜。正如我完全冷靜的坐在馬桶上書寫至此，我曾經開過刀，不然我想我已經痔瘡末期並且血管爆炸數百次，我愛坐在馬桶上寫東西看漫畫還有吃便當，是的，吃便當，我初中時父親發怒會突然怒打我，我要去補習前都會躲在廁所吃買來的便當。雖然我的醫生告訴我這樣對屁眼與大腸是不好的，但是我寫著寫著看著看著就是停不了得好好寫到一個段落才能去洗屁股跟穿褲子，因為

那些記憶的關係，我記得非常清楚，自小起我就有著奇怪的潔癖，我的潔癖就是大完便之後一定要洗屁股，所以我再怎麼怕也不會拉在褲子上，那個令我非常怕的渾圓身體穿著一件內褲，轉過來看著我的時候，眼中放出綠色微小光星，像螢火蟲一樣晃到他的身上然後停住，沿著螢火蟲般的綠光，我看到他身上有盤著一條龍與一隻虎，螢火蟲倏忽分開變成四隻，分別停在龍跟虎的眼睛部位上，我沒有騙你，我當時親眼見到，我揉了揉眼，龍和虎雙目瞬間精光一閃，然後就變成肥胖軀體上的變形線條與漸層色線，延伸到所有的肌膚毛孔上，我看見那些顏色好像陷下去一樣的，緊緊的黏貼在那些油光閃亮的肚腩上，然後那個肚腩就說話了。這裡攏係你小子誒尊長，師者為大，你就敬禮躬身。這文白參半好像戲文的呼告，卻始終讓我相信聲音是肚腩中發出來的，其實是我不敢看其他的大體的關係。

我被拉進肚腩反射的銀色油亮光芒中，像之前和老先生坐在月色下一樣的光芒裡。而他說了一段老先生在月光下一模一樣的話，卻是臺語。

月光下，老先生的白髮亮亮銀銀，他的肌膚似乎修過片或是上過霧P，總是霧白色的，我看著他的時候，總是要忍住觸摸他肌膚的衝動，他對我說，現在開始練習如何觀望天地。觀望天地？我狐疑地問著老先生。一邊發呆一邊看著天空跟草地就叫做觀望天地？他不為所動。靜靜地步行過草皮，找到了最高的土丘，著我招了招手，我走了過去，我不知道今天的農曆是幾號，但是天空的月亮大得出奇，我想那應該是

我們第一次並肩坐著的時刻，連坐下來老先生都比我高一個頭，他抬頭，朝四方看了一下。然後找了處位置，躺下來，像在殯儀館停屍間那天的大體老師一樣，當然，這是我跟醫學系同學學來的稱呼，不然我要叫他們大體來賓嗎？千萬不是開玩笑，我想他們的稱呼想了很久很久。他就那樣躺著，然後閉起眼睛。問我他跟那些大體老師長相上的差別。我每次看到別人閉起眼睛，都會聯想到他是不是要開始找人接吻。但是這次我不敢。因為來之前，老先生跟我解釋前幾天在殯儀館和渾圓胖身體大師一起看到的每個大體老師的五官結構，老先生開始告訴我，什麼叫做相從死生，觀者才明活處的道理。

他們兩個說的話，我記在下面。

那橫死的，水流的。焦黑的，無疾而終的，病死的，墜樓的，老先生一一說明，人死後的相，是離天最近的，他悠悠的說這是旁門左道，要我只能學不能教。只能看不能瞄，看一個，就看一個，端詳臉，不要去研究生死來歷，要正眼端視，不可四下左右飄移。只能論相，不可魂思飄盪，意亂神迷，以氣守智，以智讀命。神不離智，智方通神。氣凝心於魂，魄鎖思於心，心有所思，方得成全，心無所有，則碎萬千。

我眼淚不停的滾落，清洗了我的靈魂。

我終於了解什麼是心碎了，這不是一種文藝腔的運用。而是真實的感受，那些人的生平一個又一個的鑽入我的腦中，變成耳裡的回音，我呼吸都是那些空間的味道，身體流動的都是那種藍色的光影，老先生絮絮念著，定定看著那些不動的身軀，要我看這人命如何，那人命如何，一晚過一晚，我撐了四天，第五天晚上，我澈底的崩潰心碎了，他們真的都活得很苦。

可是我真的不想再一直看這些大體了。

我告訴老先生說再這樣看著這些大體老師，我一定會變成瘋子，這樣就沒人幫他收傳真跟最新最流行的電子信件了，老先生稍微笑了一下，他決定教我看真人，那一個個的女生，我內心非常期待，帶著莫名的騷動跟慌張，因為殯儀館停屍間的經驗，請記得，那是二十幾年前，屍體從冷凍櫃中退冰以方便化妝，我會覺得開心嗎？我一點都不開心。我的內心期待的部分是因為我終於可以看到那些傳真紙數字文字背後的真正人物。那才是我最想要得到的親身經歷。

在那之後的更後來，我最想念的反倒是那些在冰冷暗室的黑暗和老先生似笑非笑的臉。那些黑暗反而安全，那些死去全是活著，而我恰好只是觀者。我的存在，就像

那輪廓描線不清楚的空間中也不知是從何而來的一抹幽光，絲絲牽連。

自我懂了的後來，我就知道，與其見這活色生香，寧願回去那黑角黯落。一旦室內無光，我就會想起老先生的白髮蒼蒼的幽暗之光。跟眼神完全不一樣。

老先生第一個要我看的，不是那些鶯鶯燕燕，是我自己。我有個鶯鶯燕燕的笑話，就是某一日我媽媽想要用成語教訓我，她要我做事不要鶯鶯燕燕，我說媽妳是不是有可能要講因噎廢食，我媽說我會講成語沒什麼了不起，反正我就是鶯鶯燕燕。

是的，我是那些鶯鶯燕燕中的一隻孤鳥而已。

女人真是耳根子軟。牙根子硬，死不認錯，錯認至死，老先生說，他做這行當就是孤家寡人缺德失行，我就說您看起來白髮道骨，怎麼說是孤寡呢？他說他是太監。我又傻了，太監不是莫少聰嗎？？莫非老先生腦袋有病。他說這話的時候人在他臥龍街的家，那時候我已經敢進去他家裡面，作勢他就要脫褲子，我趕忙攔著他，我心中吶喊著我出社會也算是老油條了，可也不想看個老人家的乾癟老油條。老先生被我的大動作給阻止了，他一屁股坐下來反倒是掉下了兩行清淚，他對我點了點頭說，小朋友，天分究竟是怎麼一回事你知道了吧？我說天分，不是老天爺賞飯吃用的，不是禮

物，應該可以說，天分就是一種老天爺給的詛咒，要你求生不過人生，求死也得等死。我是學著老先生講的，過了二十年，雲陰日光刷過框景，我終於相信老先生，總算是沒錯看我的天分。

天分，天然分者，分者斷裂有遲也，天分就是一種天生的殘缺然後各自持有。天分越高的，拿著越多的，你就越辛苦。你以為天分是老天爺給的禮物，卻不知道這是老天爺給的束縛，因為你得保護他。

那天終於來了。

老先生認同我可以開始觀命的第一天，他站在我身後，我在林森北路跟民生東路旁的大樓旁邊，看著一面鏡子，他要我端詳自己的臉，兩手搭著我的肩，那時候的光影，很像在臥龍街那陰暗的巷弄，霎時，那些星芒黑暗間和穿過樹叢發出各種色溫的光，從鏡中的我的毛細孔鼻孔臉上的疤痕四散開來，我洞悉了我注定終身孤老的命運後，那種自己一點都不重要也毫無尊嚴的嫌惡感如同浪潮般襲來，濃烈得像某種迷魂的香味一樣，我卻哭得像是曇花夜開。

我知道了，這種似人非鬼的命運是我的命。於是我在日後一直清楚自己是怎樣

的人。

隔天，老先生找我進去他家，他告訴我他決定停止他的營生行當，我決定寫下這一切的時候，我都一直試圖完全模仿他的語氣，好讓他所傳遞給我的，能夠透過我這些破爛拼湊的文字語句，多幾個人跟我一起記得他的存在。

那天老先生要我把在大安森林公園學的跟他練習一次，他要我觀氣給他看，跟他說這屋子內氣的分布。實則就是瀰漫逸散在這屋子裡的所有屬於他的，與不是屬於他的所有他觀過的人的累世淵源。

用白話文說，這些流來飄去的氣就是鬼，或是魂魄。於是我啟了觀門，閉上了眼。那些跟老先生一起行走過的景象，一幕幕演了上來，民權東路第一殯儀館的視窗突然在我心裡打開，林木稀疏的大安森林公園月光灑下，鐵皮圍籬裡的榮星花園榕樹旁土裡挖出來龍銀陰光閃閃晃晃。

自此而始，我被賦予尋找那些四竄在世間的森然氣流，替他們導引散流，自那天起成了我的義務和任務。

在我離開那個狹小幽暗的巷道並且不會再回去之後。老先生的話一直在我耳邊揮之不去。每次，每次。我都會想起老先生說的，針眼上透過的光可以見到魂魄的銀絲，收集他的白色髮絲，在針縫打上一個結，在子時的時候將房間所有的光都熄滅，點起一根白燭，一定要白燭，燒掉他的白髮，就可以一定可以見到他身上那種藍光，就可以把不通的命解開來。他這樣說的時候，外面客廳一直放著鄧麗君的歌聲。我會唱那首歌，老先生我會了，我這樣說著。隔天，我去接他，那扇門再也沒有打開過。我站在圍牆外，喊了很多天。後來我放棄，也沒有再去那間小屋，更沒跟任何人提起過這件事。

當上廣告文案後，有一天我經過光華商場聽聞鄧麗君的歌聲響起，我停下腳步，拿起破損的唱片包裝，買了這片何日君再來，這是我唯一一片的黑膠唱片。

今宵離別後，無歡更何待。

這不傳之藝，非徒非師。那些話好像鄉俚俗歌。但是我從來沒有機器可以放它，也不敢放它。我知道，除非我想再見老先生一面。老先生說，放這歌，透過針眼，扎了絲線，燒了白髮，不管何日，氣隨白煙如縷，他定來相見。

有時候我也希望他是假的，也希望我從來沒有在腦海中響起這首歌，可是一旦我看見了某些人的臉，這首歌就會自己響起，那些人經歷過的事情就從他們的眼耳眉目流洩出來，有時候藍，有時候白，如煙如霧。對我來說，他無法不存在，如果有人也想見他一面，或許可以看著我，也許從他消失的那日開始，他就已經住在我身上。

那天，我自己對著鏡子，看著自己的臉，唱著何日君再來。

二十九・傳染的水獺與搞錯的河狸

我喜歡《傳染》這部漫畫的水獺。我覺得那是我本人的象徵。於是我在臉書上使用它當我的頭像。希望吉田戰車（《傳染》這部漫畫的作者）不要告我。

我之所以會喜歡水獺是有原因的，水獺陪伴我度過很多很多孤獨的日子。原本我以為我已經脫離了那樣的日子。那些日子就加我的臉友應該是從我上一個被鎖的帳號就開始加我的，我在臉書上有用過 Ted 照片，《銀魂》主角阿銀的照片，為了阿銀我還染成銀色的頭髮，還有木根龍太郎對法海大勝投的照片，我想這些都是我跟我那些加我的臉友們共同的回憶。謝謝你們陪我度過這段日子。其實我真的都不認識。

我來介紹一下水獺，他是《傳染》這部漫畫中的角色。勉勉強強算是主角。

他總是到處刷著存在感，認為他自己擁有很多的朋友，他最好的朋友是河童，那是他自認的，他在一個真實又虛擬的日本城市中出沒著，最疼愛他的是一個會社的中階主管。把它當成寵物般的溺養著（吧？）到處造成別人不安，剝奪河童的自主，霸凌他身邊的各種弱者（他自己完全也是）。可笑的展現著他自己能夠展現的各種權力，一起跟漫畫中的人們，痛苦並且荒唐的發笑著。那麼樣惹人厭又令人同情的存在著啊。

我多麼喜歡水獺。我希望他擁有一種精美的存在。

為了美化他，我寫過一篇水獺的文章，我在看國家地理頻道的時候，很尊敬的看過有關水獺的故事，國家地理頻道是我的曾經以為最高級的知識來源，結果他竟然在我寶貴的海綿吸水期翻譯錯誤，他是河狸。但是我把它當成水獺了。我相對認真的（對不起我真的沒有很認真的寫過臉書上的文章。）寫了他，仔細地收集資料。然後全錯。

後來我把那篇水獺的故事隱藏，但是我仍然覺得很喜歡，全文如下。

夜雨未曾稍停，寫著字，一字一字，寫著，不知道這些字會留存多久。但是知道時間正在流去，沒有停止的流去，曾在 Discovery 頻道中看到水獺叼著樹枝想要去

作成一個攔水的壩體，那令人發笑，水獺跟那些水流有著多麼不同的量體，一小一大，一磅礴一拙促，但文字細小時空洪濤中尋來捉襟見肘，初春溪中流冰間浮沉的水獺，若能以字當一水獺，我會叼著細瘦無力的文字，浮在時間的洪流裡。在波與波之間泅游著，冬天寒冰結凍河面，我在一小窪洞中等候春天。春天來了卻還是冷，我等不及要抵住時間，就算是一會兒也好，我怕冷也怕時間。但我更怕時間不夠，一熱起來，那洪流湍湍急走，渺小如我，連害怕也不被人瞧見。所以我縱身一躍，沒入浪間，再見時，已經在另外一個，不知名的岸邊。

那岸邊應該長著過人高的草。不知道名字，有時候那是一個中途站。在裡面有一種被保護的感覺。但是獵人總是可以快速發現這個位置，然後在裡面奪取獵人所想要的任何東西。水獺的皮是可以做衣服的，水獺其實毫無掩蔽，縱然以為好像被保護了。所以這個族類願意多待在水中，甚至是那些任何其他獸類足跡所不能至的黑暗泥濘洞穴中。好讓自己單純的去實現理想，築一座壩體。攔下幾隻魚來。或有熊來，熊會從水堰中撈取可能被夾住的魚，也可能就是幾下子摧毀了壩體，沒有為什麼，是覺得有趣。也是一種小小的頑皮，水獺卻因此覺得悲傷不已。

夜晚的時候，水獺並不會停止工作，依然會在星空下，尋找適合的柴枝築起壩體，修補一些日間遭受的破壞。或是從別的地方看到的靈感，好像是那個知更鳥的巢，或

是那個蜂鳥的窩，白蟻們的家也特別顯眼，但是那跟水獺的風格不相合，水面上的月亮被水獺游過之後，晃悠晃悠的軟軟嫩嫩，星星也從水面上跳了出來，飄在空氣中間，水獺身上會被灑上幾顆水珠，月亮也會在上面露臉，水岸邊的樹枝越來越少，森林中樹下有很多，但是水獺不敢也不可去。因為森林不是他的領域，那邊有危險。可是壩上的缺口需要修築，水獺顯得很不安。

濛濛天攏住雲霧障成灰色，雲縫中透露著些許的藍，還有剪出羽毛邊邊的白，水獺喜歡這樣的早晨，岸邊深處的森林不是那麼可怕了，因為日光的關係，可以避開覺得危險的處所，前去叼柴，一早日光並不強烈，水獺在水上漂來漂去，壩體上攔到了幾片葉子，水獺把爪子在水面上敲擊，拍起水來，落葉就會跳跳晃晃的，跟水波上的粼光玩耍，逗弄那些光在上面跳舞，水又綠又藍又白又灰，從水中看往天空是這種顏色，有早起的鳥往水裡衝，這是令水獺最興奮的時刻，在水中可以看到泡泡逸散開來，水底濁流像是春天開的花那樣，一朵開著，消散後，又會有一朵開起來，如果鳥兒還在的話。

太陽最大的時候，水獺會在泥濘窪中直挺挺的泡著，到了熱燙光劍軟成蜘蛛絲那樣的時候，水獺才出來四處游河。水獺盡量會躲著熊。因為熊會突然從岸邊打下巨掌，但是也只是因為頑皮的關係，曾經有不知路的水獺，野遊卻成了熊的教材，三小一大

的母子在岸邊拋擲水獺寓教於樂，崩壞的堤壩枝柴散落河面，其餘的水獺都藏匿在河道旁的各自土穴中，看著這場對水獺們來說無以名狀的虐殺之舞，也不過就是熊們一個嬉戲天倫的午後。死去的水獺就這樣在日光下曝晒。熊們也不吃牠，滿河都是紅色發光躍動的新鮮食物。死去的水獺從傷口處開始腐爛的時候，其他水獺也把四散水上的壩體斷柴，默默占為己有，幾天下來，整條流域水面顯得益發清爽乾淨。當死去水獺只剩下薄皮連毛的時候。活著的水獺都開心自己的家變大了，紅色的擁擠食物都消散了，而熊們也準備每年一次的長期睡眠。

合理的慾望是在當熊蓋上雪白的棉被。尚未醒來之前。壩細縫間的碎冰會發出吱咧悄微的聲響，如同戀人絮語般催情的詩。

水獺開始交配。瘋狂的交配。完全不需要負責任。因為生育的天性，水獺是少數和人類一樣可以四季都交配的動物。但是牠們不懂做愛。牠們只是被某種不知名的氣氛，水流聲，土壤，葉片落地的聲音，異性窸窣的動作，氣味，特別在熊醒來的時候，死亡危險的催逼，讓生理的天性需要更為濃烈。母的水獺眼睛有著美麗的光，她身軀油亮而光滑，滑動的姿態划出的波紋像是絲線，散出去的方向，如同聲納的反射，公的水獺會在交配前銜著樹枝，瘋狂梭速來回泅泳，一波波的浪湧傳出去，浪的峰谷上下都充滿生殖厚實的氣味，當波和浪交纏成漩渦，岸邊的草就會搖

擺起來，聲響曖昧而隱晦。並非是水獺要刻意壓抑，除非彼此咬齧過分了，不然，他們並不習慣發出聲響。

然後，月與日在雲後交錯的灰濛用暗紅比喻了某種開始，地中枯葉蒸起的霧靄朝河面流去被溪流帶散成碎裂的絲棉裙襬，交配完的水獺晶亮的眼睛濃濁起來，跳進我心裡的壩中，遁入潮溼的巢穴埋頭安睡，潺潺的水聲，偶而滴落在嵌合的枝枒間的水窪，魂魄棲息在那些細小安穩的字中靜自充盈。

這就是我內心的美麗的水獺。但是人家其實是河狸。（對不起）

回到《傳染》的水獺，我會突然把頭貼換成他，是因為某日我臉書上的追蹤突然多出了幾百人，想來應該是《壹週刊》報導的緣故，新聞下面的留言滿好笑的，有空大家可以去看，不過我自己是不敢看的。

那些留言我猜想不外乎討論我是誰，我是不是黑道我是不是最大尾的小孩或是我根本就還是黑道或是我只是怎樣怎樣，哈哈好好笑喔，我爸是三十年前的人物，我都四十二歲了。現在恆春半島最大尾的應該是姓林吧。有問題可以去問他。問我有什麼用？我只是一個很普通的文案，喜歡寫作，但是寫得不好，而且總是沒有空。想要拍

動畫但拍得很爛。我擁有一個家風雨飄搖的設計公司，規模大概像是早餐店那樣。不過應該滿好吃的。我是一個基督徒，贊成多元成家，對著商業行銷有著美好的想像，每天都被質疑執行力有問題，但是質疑我的，分明就是因為自己很多地方執行不了，總之我在那個可笑的夾縫中，顯得適當而，嗯，怎麼說呢。

適當而可笑。

之所以又被採訪大概就是之前的誤植設計者，還有採訪者跟我算認識這樣的一個因緣際會下，我重新進入了一個不是我的身分。就像是水獺。

其實我不重要啊。不管我是水獺還是河狸。

重要的是大家的認知不是嗎？我不管在何時何地何處創作跟拼搏過什麼，那都不足以改變他者的認知，人是活在他者的認知中的。而實際上，人與他者的認知卻始終完全是相交卻無法重疊的。

我喜歡因為打諧音字懶得改字而胡謅一段毫無意義的插曲。這在以前沒有臉書的時候我就保有（其實是亂來。）的一個珍貴（狗屁大家才不這麼認為。）習慣。以前

我們公司的大美人韓姓業務總監幾次在會議中氣得大罵我不准插話了。我就跟她說對不起我本來是個插畫家，她就笑場了。

嗯啊我是水獺。

書寫這些苦難萬端的莫名場景並非是一個廖輝英負君千行淚的動作。我無意讓人悲傷。

反倒在這些經驗外，我跟我的弟弟拼命地尋找開懷大笑的因由，好讓我們能夠在綻放聲響的瞬間，離苦得樂。像是死裡復活那樣舊事已過一切都是新的了。然而舊事過是會過，但是一切都是新的跟傳道書寫的完全不同，我想大概保羅在天堂被問到，也只能科科故作神祕卻無法回答吧。

臺灣社會的一切，被經濟成功學業薪水民生政治壓榨得太枯乾了，沒有調劑，總是二分沒有潤滑，沒有有尊嚴的只為取悅的惡搞的談話的笑鬧的立足點，任何不太上得了禮教檯面規範內的玩笑，都會被視為俚俗低劣粗鄙。所以大部分甚至可以說幾乎都不好笑。

不好笑很可怕，很可怕。

你看泰國，其實他們很認真的尊重好笑這件事情，日本，搞笑甚至有學校，更是綜藝界的某種王道。美國的脫口秀爐火純青，英國的幽默無與倫比，歐陸的嘲諷濃烈到讓恐怖份子心生不滿但是他們仍然希望透過戲謔的方法，得以窺看世間的苦痛。

拿捏本來就很難。

你看作麵食水餃還有麵包跟按摩甚至情侶之間的互動，都是拿捏，是不是。

好不好笑真的要看拿捏得好不好，水獺是個失敗的例子，好笑但是可惡透了。所以我想跟大家說對不起，如果這本書有什麼不好笑的地方，請大家多包涵，但是其實看一看笑一笑就算了，在大家真實的生活中，有很多是被輿論虛構起來的是非對錯。

我和水獺，沒有那麼重要。重要的是你跟生活中每一雙實際相接的眼神跟握住的手。那些比我的書都來得真切千萬倍啊。不然你也去買一本《傳染》，翻動的時候水獺都比較真實啊，不過《傳染》絕版了，買不到了。

我一直珍藏五本，因為我最喜歡水獺。還有被我搞錯的河狸。

三十・川哥進行式

如果能夠用什麼神祇來形容我的師父，我想我會用佛的護法金剛來形容他，他是林森川，我內心的創意大神，也是我三十歲後，最重要的痛苦根源。因為我開始學習他的教導，一個我無法拒絕的高標準過程。

他是非常嚴格的創意導師，我十九歲在工作的餐廳認識他，當時的他，要用星際大戰裡的角色來比喻的話，他會是西斯大帝，一個用憤怒作為驅動原力的古老流派系統，而我則尚未成為他的達斯魔。我大概就是個路過的塔圖因小鬼。

這麼說好了，他巨大的形象在我的腦中開始被描繪，就是從十九歲那時候奠定，彼時的他未滿四十歲，傲氣昂揚，像我們這樣崇拜者多到他其實無法一一牢記數算。

包括我。

第一次跟師父說話的時候我很像觸摸到約櫃的烏珥。當時我在紙上寫了這段話。

「願你觸摸到了上帝，於是上帝待你如烏珥。願你知曉。這乃是你當受的，尊主為名的份。」

我想如果知道這段經文的人，就會知道烏珥的結局。最後他死在約櫃前。

可是現在的師父是耶穌的樣子。

像這段經文。

耶穌說：「摸我的是誰？」眾人都不承認。彼得和同行的人都說：「夫子，眾人擁擁擠擠緊靠著你。耶穌說：「總有人摸我，因我覺得有能力從我身上出去。」那女人知道不能隱藏，就戰戰兢兢地來俯伏在耶穌腳前，把摸他的緣故和怎樣立刻得好了，當著眾人都說出來。耶穌就對她說：「女兒，你的信救了你，平平安安地去吧！」

觸摸耶穌的感覺，就如同聽川哥教我講創意那樣的奇異大能。

師父對於能力的給予向來不吝嗇，但他極為嚴格。所以他對我說，俊雄你既聰明又有才華的時候，不管你信或不信，總之我是信了。他說他合作過的文案，就我寫得最好，我說大偉呢？他說他是很好的創意，但是你比較會寫文案。

我相信了。因為林森川從來不說假話。從那時開始，那年我三十歲，剛從地獄爬回來師父身邊，他給了我一根蜘蛛絲。從天頂垂下來。

你以為我會很快樂嗎？得救了嗎？不這才是我痛苦的根源，因為我希望能夠理解這世上商業廣告創作的美好，但是也希望能夠有相同的勞務報酬，我開始憎恨我以前在日本飽受疼愛的日子，眼前的這個台灣廣告大師為何如此怒目而又慈悲？我在日本學到的都是表達的方式，但是師父教我內功。

我是倒過來的學徒，我千奇百怪的招式學了一堆，到頭來重新鍛鍊內力，好像武俠小說的主角俠客行那套武功一樣，最後的，白首太玄經。

當時，為了銷售新的無樑柱大型辦公空間，我寫了一篇文案，標題是：「瑪莎葛

蘭姆認為，舞者極力伸展肢體，就是為了學習飛翔。」

師父說這寫得很好，但是瑪莎葛蘭姆有說過這句話嗎？我說沒有，但是在一些過去的訪談中，我整理出他說過的這個概念。師父問我，所以這句話是誰說的？我說，是我說的，他又說，那你寫瑪莎葛蘭姆幹嘛？你沒信心你寫這個標題幹嘛？你就是沒信心，你把瑪莎葛蘭姆拿掉，會妨礙這句話的完整性嗎？我說不會，他又說，如果是你說的，不是瑪莎葛蘭姆說的，你就是在造假，如果是你說的，那這句話就很優秀，這樣你懂嗎？你要相信自己的寫得很好。你才能寫出很好的東西。

我當下不停的掉淚。師父房間有裊裊的檀香，其煙盤繞，如雲如霧。

如此過程，我每週都在師父的桌前，站立也顫慄得不能自己，每篇文案，都是這樣被他調整出來，他拆毀了我過去三十年來建立的基礎，在過去的十多年內，我學習到的，以為是廣告的以為有創意的以為了不起的，都在他面前消解崩壞，以為其重如山的自我堅持，都在他眼縫那些端詳中，變得輕飄似羽。

但，與其說師父嚴格，卻不如說他真實。

是的，真實，真實是嚴峻卻溫暖的進行狀態，只有真實才能進入內心的幽微處，只有真實才能打動另一顆心。

師父說，我們改變的是消費者，還是試圖影響消費者的行為？我試圖回答要改變消費者，他說，你沒有能力，我們只能在這行為過程中，影響消費者，令他思考，然後改變消費者的動作。或說是，影響他們的動作。

然後，他在紙上寫了八個字給我。

應無所住，而生其心。

不只是消費者吧，師父關照的，已經是眾生與世界了。我很開心這些嚴厲的痛苦跟磨練，是他教導給我的，而現在我仍然有幸能與他共事，在他身邊學習，聽他提點，依然如常領受自他而來的大量痛苦，大量逼迫跟考驗，雖然他現在很溫柔，跟二十二年前比起來，真的很溫柔。但他依然堅持所以有的標準，來完成作品，他說我們創作的人，最重要的不是自由，是紀律。

是的，這就是紀律。身為一代創意大師的紀律，新一輩的創作者或是設計師，可能不太知道他，但若容我說，林森川，是不世出的創意奇才，我一生都追趕不上，要

不是師父，不會有開始敢書寫的我，要不是師父，就沒有這本書，謝謝師父。這就是我現在的痛苦進行式，修煉不停的痛苦。但卻非常幸福。

LOVE 023

痛苦編年

作　者—王俊雄
主　編—李國祥
書籍設計團隊—實線品牌創意
書籍設計創意總監—王俊雄
封面插畫—鄭景文、王思諶
封面設計—李岱螢、廖勁智

編輯顧問—李采洪
發行人—趙政岷
出版者—時報文化出版企業股份有限公司
一〇八〇三臺北市和平西路三段二四〇號三樓
發行專線—（〇二）二三〇六—六八四二
讀者服務專線—〇八〇〇—二三一—七〇五
（〇二）二三〇四—七一〇三
讀者服務傳真—（〇二）二三〇四—六八五八
郵撥—一九三四四七二四時報文化出版公司
信箱—臺北郵政七九～九九信箱
時報悅讀網—http://www.readingtimes.com.tw
時報出版愛讀者—http://www.facebook.com/readingtimes.fans
法律顧問—理律法律事務所　陳長文律師、李念祖律師
印　刷—盈昌印刷股份有限公司
初版一刷—二〇一八年十一月二日
初版二刷—二〇一八年十一月二十七日
定　價—新臺幣三六〇元
（缺頁或破損的書，請寄回更換）

痛苦編年 / 王俊雄著.

-- 初版. -- 臺北市 : 時報文化, 2018.11

面；　公分. --（Love ; 23）

ISBN 978-957-13-7593-9（平裝）

855　　107018163